Lustiges Taschenbuch LESESPASS

2

Disney Minnie & Daisy SPY POWER

DOPPELTES Dilemma

AUTOR Jen Petro-Roy ILLUSTRATIONEN Kawaii Creative Studio
DESIGN White Lab

EGMONT EHAPA MEDIA GMBH

INHALT

Kapitel 1

„Entenhausen, ich komme!“

Es war ein strahlender Nachmittag.

Mindestens genauso strahlte Minnie! Und das nicht nur, weil sie gerade einen leckeren Imbiss hatte, sondern weil sie kurz vor ihrem Ziel war.

Dingel! Dingel! Dudel-Dei!

Oha! Das war der Klingelton, den sie für Anrufe ihrer besten Freundin eingerichtet hatte. Etwas umständlich zog sie ihr Handy aus den Tiefen ihrer vollgestopften Handtasche hervor.

„Daisy!“,

rief Minnie. „Ich bin so gut wie da. In einer Stunde sehen wir uns endlich wieder!“

Minnie konnte förmlich sehen, wie Daisy amüsiert ihre großen Augen rollen ließ.

Minnie kicherte. „Ich weiß! Ich kann es eben kaum erwarten, auch endlich in der Uni zu sein! Und ich bin gespannt auf diesen Kurs von dir, um den du so ein Geheimnis machst!"

„Mach ich doch gar nicht."

Daisy lachte. „Wenn du mich jetzt sehen könntest, wärst du nicht so hibbelig. Ich sitze gelangweilt in ollen Trainingsklamotten herum und warte auf dich. Sieh zu, dass du bald da bist. Okay?"

Minnies Aufmerksamkeit wurde von einer verdächtigen Gestalt abgelenkt, die über den Parkplatz schlich und dabei in jedes Auto blickte. Minnies Herz schlug schneller. Wurde sie Zeugin eines Autodiebstahls?

Minnie seufzte.

„Tut mir leid, Daisy!“

„Aber da ist eine seltsame Frau. Sie trägt eine dunkle Hose und einen schwarzen Wollpulli, obwohl es so heiß ist, dass ich selbst im offenen Wagen schwitze. Und die hat sich sogar noch einen roten Schal um den Hals gewickelt.“ Minnie zupfte am schweißnassen Kragen ihres T-Shirts.

„Abgefahren!“ Daisy klang verblüfft.

„Warte mal, Minnie. Da ruft einer an.“

Minnie musterte die seltsame Frau.

Merkwürdig ... sie erinnerte sie an jemanden.
Oder an etwas.

An einen Schatten, der
auf sie zukroch.

Eine mysteriöse Gestalt.

Nein. Das war nicht dieselbe Person.

„Okay“, sagte Daisy. „Da bin ich wieder, aber ich muss … etwas erledigen.“

„Und du kannst mir **nicht** sagen, was?“

Minnie versuchte, nicht verärgert zu klingen. Doch in Wahrheit war sie ziemlich sauer. Daisy tat genauso wichtig und geheimnisvoll wie diese komischen Leute

bei den Aufnahmeprüfungen im letzten Schuljahr.

Minnie würde die endlosen Tests nie vergessen. Und immer, ob im Klassenzimmer oder draußen, wurden sie von zwei Leuten in Regenmänteln beobachtet. Dabei hatte es nicht einmal geregnet. Voll schräg!

Daisy hatte die Tests bestanden und gehörte fortan zu den „neuen Elitestudenten“. Aber Minnie war durchgefallen.

Minnie versuchte zu verbergen, wie sehr sie das verletzt hatte. Selbst als sie doch noch nachrückte und einen Platz an der Uni ergatterte, lag ihr die Absage weiterhin schwer im Magen.

„Ich muss zu einem Treffen, einem langweiligen Treffen“, meinte Daisy. Aber ihre Stimme war eine Spur zu schrill.

„Sag bloß, studieren ist öde?“, fragte Minnie und biss sich auf die Unterlippe. Sie hatte sich das Uni-Leben doch so spannend

vorgestellt. Vor allem freute sie sich auf die gemeinsame Zeit mit Daisy,

die neuen Leute und auf das Studium.
Natürlich war sie auch verunsichert, weil sie nicht wusste, wie ihr neues Leben aussehen würde.

Daisy hatte sie die ganze Zeit beruhigt und aufgemuntert.

Wieso aber war sie jetzt so abweisend?

„Nein, es ist alles super", säuselte Daisy.
Minnie musste ihre Freundin endlich sehen.

„Es ist nur ... etwas kompliziert ..."

Minnie umfasste das Lenkrad fester.

„Ich fahre jetzt los", sagte sie entschlossen.

„Tu das. Hast du das Päckchen?"

„Ja, im Auto."

Minnie warf einen Blick auf die mit Taschen und Koffern bepackte Rückbank.

Zwischen ihren Sachen klemmte das mysteriöse Päckchen. Daisy hatte es vergessen und Minnie gebeten, es abzuholen und mitzubringen.

Minnie musste an die Textnachricht denken, die Daisy ihr gestern geschickt hatte:

Päckchen liegt in der Gasse hinter Kater Karlos Bäckerei. Verstecke es unter deinem Mantel, damit es keiner sieht.

Rede mit niemandem darüber. Ich verlasse mich auf dich.

Minnies Herz hatte wie wild gewummert, als sie an der Bäckerei vorbeikam. Der Duft von frisch gebackenem Brot lag in der Luft.

Als sie um die Ecke linste, sah sie eine kleine Schachtel auf einer Stiege liegen. Was war da drin? Schokolade, Kekse, eine tickende Bombe? Stopp! Die Fantasie war mit ihr durchgegangen. Bestimmt gab es eine einfache Erklärung, aber wozu diese Geheimnistuerei?

„Mir geht's gut. Alles ist gut."

Die Sonne schien und die Vögel zwitscherten. Sie atmete tief durch und ging weiter. Ein Vogel sah sie aus großen Augen an.

Wieso beobachtete der sie?

Huch, was war das?

Minnie fuhr herum. Nichts. Die Gasse war leer.

Okay. Gut. Nichts zu sehen. Sie schnappte sich das Päckchen und schob es unter ihren Mantel, für den es eigentlich viel zu warm war, aber so hatte die Anweisung ihrer besten Freundin nun einmal gelautet.

RADONG!

Der Wind wehte eine Mülltonne um. Da! Ein Schatten huschte vorbei!

Minnie zuckte zurück. Bestimmt war nur jemand vorbeigerannt. Kein Grund zur Panik. Oder doch? Der Schatten kam näher …

„He, was ist hier los?" Kater Karlo stand in der Hintertür der Bäckerei. Seine Schürze flatterte im Wind.

Der Schatten verschwand.

Minnie rannte zu ihrem Wagen. Nach dem Schreck schuldete ihr Daisy eine Erklärung.

Am Auto angekommen, steckte sie das Päckchen zwischen ihre Koffer.

Seitdem hatte Minnie mit ihrer Neugier zu kämpfen. Die Frage, was wohl in dem Päckchen war, ließ ihr keine Ruhe.

Ein kostbares Collier?
Goldmünzen?
Vielleicht auch nur
Kosmetikartikel,
die Daisy online gekauft hatte.

Minnie zuckte mit den Achseln und fuhr los.

Sie verließ den Parkplatz und schaltet das Navi ein.

Es war
Unsinn,
noch mehr Zeit mit Fragen zu vergeuden, auf die sie ja doch keine Antworten hatte.

Minnie fuhr durch eine sanfte Hügellandschaft. Ein paar Blätter am Straßenrand hatten schon herbstliche Farbtöne angenommen. Plötzlich tauchte ein schwarzer Sportwagen im Rückspiegel auf. Er wurde rasch größer.

„Wow! Fährt der aber schnell."

Als sie wieder in den Rückspiegel sah, war der Wagen bedrohlich nah.

„Er ist viel zu schnell!"

Instinktiv trat Minnie aufs Gaspedal.

Bald würde
aus der breiten
Schnellstraße
eine kurvige
Landstraße
werden.

„Brems doch!“,

schrie Minnie.

Eine Sekunde später gab es einen leichten Stoß.

Dann einen stärkeren.

Minnie wurde angst und bange. Was hatte der Typ vor?

Sie wusste, dass vor ihr eine Steilklippe lag.

Wenn sie zu schnell fuhr, würde sie in den Abgrund stürzen.

Sie musste etwas tun ... sofort!

Kapitel 2

Minnies Hände waren schweißnass.
„Du schaffst das“, murmelte sie.

Der Sportwagen fiel leicht zurück. Dann beschleunigte er wieder. Jetzt ging es um alles oder nichts!

Minnie riss das Steuer nach rechts und lenkte ihren Wagen einen mit Büschen bewachsenen Hügel hinab. Sie hätte sich am liebsten

mit einem magischen Blinzeln an einen anderen Ort gezaubert. Aber sie musste ihren Wagen über Stock und Stein rumpeln und scheppern lassen.

Schließlich kam der Wagen abrupt zwischen zwei Bäumen zum Stehen. Minnie war entsetzt! Ein paar Schritte vor ihr befand sich ein gähnender Abgrund.

So weit, so gut. Sie schien mit dem Schrecken davongekommen zu sein. Aber wo war der Sportwagen? Schwebte sie noch in Gefahr?

Ein Zweig knackte und Minnie hielt den Atem an.

Oben auf dem Hügel stand eine Gestalt, die in ihre Richtung sah. Dann kam sie den Hügel hinab. Sie rannte direkt auf Minnie zu.

Minnie wollte loslaufen und sich verstecken, aber ihr Körper schien in einer Art Schockstarre zu sein. Sie konnte sich keinen Millimeter rühren.

Sie konnte nur reglos zusehen, wie sich die Gestalt in eine Frau verwandelte – die Frau vom Rastplatz! Der Schal flatterte wie das Cape eines Superschurken hinter ihr her.

„Was haben Sie vor?", wollte Minnie rufen.

Stopp!

Aber es kam kein Ton.

Sie musste zusehen, wie die Frau Daisys Päckchen nahm und davonhuschte.

Die Wut löste den Bann. Minnie stieg aus dem Wagen und nahm die Verfolgung auf.

Laub und trockene Äste zerbröselten unter ihren Füßen.

Die Diebin drehte sich nach ihr um. Kein Zweifel, es war tatsächlich die Frau vom Rastplatz.

Minnie wollte unbedingt wissen, wieso sie derart fixiert auf Daisys Päckchen war.

„Stopp!“, schrie Minnie.

Der Boden war uneben, übersät mit Steinen und Gestrüpp. Die Frau hatte einen guten Vorsprung, aber Minnie holte langsam auf. Im Stillen dankte sie dem Lauftraining in der Schule.

Näher … noch näher … fast da!

Sie konnte die Maschen des Schals sehen, so nah war sie. Sie streckte den Arm aus …

... und stolperte über eine Wurzel, die aus der Erde ragte.

Von der Diebin war bald nichts mehr zu sehen, dann heulte in der Ferne ein Motor auf.

„Sie ist fort", murmelte Minnie und rappelte sich auf. Sie hatte nur ein paar Kratzer am Ellbogen davongetragen. Viel heftiger schmerzte es sie, dass aus ihrem großen Tag ein Albtraum geworden war. Wie gern wäre sie daraus erwacht und einfach nach Hause gefahren.

Aber es gab zu viele Fragen. Hatte die Diebin ihr auch heute Morgen in der Gasse aufgelauert? Was war in dem Päckchen? Worum ging es hier überhaupt?

Ein flatterndes Stück

Stoff

hing ein paar Schritte entfernt an einem Ast.

Als Minnie darauf zugehen wollte, schoss ein stechender Schmerz durch ihren rechten Fuß. Das also auch noch ...

Trotz der Schmerzen ging sie weiter und griff nach dem Stoffrest. Es war der Schal! Und darauf eingestickt befanden sich die Initialen „LL“.

Die Angst hatte sich gelegt und sie kam sich wie eine Detektivin vor. Immerhin steckte sie in einem echten Fall! Sie hätte sich jetzt gern Handschuhe übergestreift und Fingerabdrücke gesichert.

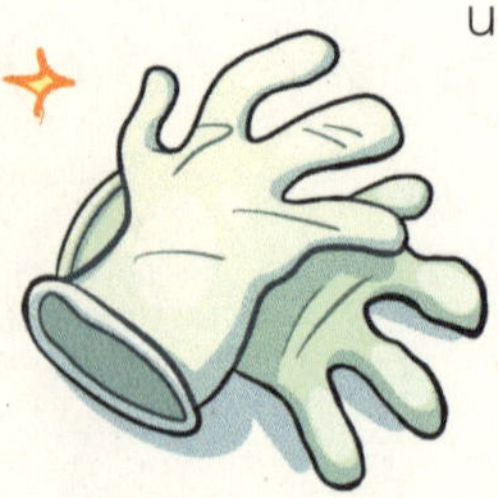

So aber stand sie mit dem Schal da und verfiel ins Grübeln.

Sie hatte einen **wichtigen Hinweis** gefunden. Sollte sie damit nicht zur Polizei gehen, statt selbst Detektivin zu spielen?

Fürs Erste war sie aber viel zu erschöpft und wollte nur noch ans Ziel.

Sie war schon fast an der Universität angekommen. Gleich würde sie ihrer besten Freundin erzählen, was geschehen war. Das Päckchen war zwar weg, aber immerhin hatte sie den Schal als Beweisstück. Daisy könnte ihr dann erzählen, was in dem Päckchen war – und alles wäre gut.

Es war sicher alles halb so wild.
Eine Verwechslung ... oder nicht?

Kapitel 3

Völlig außer Atem stellte Minnie ihre Taschen ab. Daisys und ihr Zimmer befand sich im 5. Stock und der Fahrstuhl hatte heute beschlossen, nicht zu funktionieren. Na super.

Minnie klopfte an die Tür, aber da war nur Stille. „Natürlich hätte ich mir den Schlüssel holen müssen“, schimpfte sie mit sich.

„Aber Daisy hat gesagt, sie wäre da, wenn ich komme. Ob sie schläft?" Minnie rief noch einmal. Dann fielen ihr die vielen Leute im Gang auf. Was sollten die nur von ihr denken, wenn sie weiter so herumbrüllte?

Also wanderte sie den Gang entlang. Ab und an warf sie einen kurzen Blick in eines der Zimmer. Vielleicht besuchte Daisy einen Nachbarn? Überall bezogen Neulinge ihre Bleibe. Die Luft war mit Musik, Gelächter, dem Schrillen von Videospielen und den letzten elterlichen Ratschlägen erfüllt.

In einem Zimmer saß ein Mädchen über einem Stapel Bücher. Hier wurde also schon fleißig gelernt ...

Minnie ging weiter. Irgendwo musste ihre Freundin doch stecken.

In einem anderen Zimmer setzte ein Junge behutsam Fische ins Aquarium. Wenigstens die konnten schon ihr neues Heim beziehen.

Aber wo war Daisy?

„Hast du dich verlaufen?", fragte eine freundliche Stimme.

„Wie? Was? Nein." Minnie drehte sich zu der Stimme herum und begann zu kichern. Zum Glück lachte das Mädchen auch. Es war so ein „Vielleicht-werden-wir-ja-Freundinnen"-Lachen.

Minnie streckte die Hand aus, zog sie aber wieder zurück. Schüttelte man sich an der Uni die Hände? Umarmte man sich? Lächelte man nur, oder war man einfach cool?

Sekunden später wurde sie umarmt.

„He, so viele Fragen auf einmal!" Minnie kicherte wieder.

Klarabella gefiel ihr. Mit einer Hand deutete sie auf ihr neues Zimmer. „Ich bin Minnie Maus und teile mir das Zimmer mit meiner besten Freundin Daisy Duck. Sie ist schon seit letzter Woche hier. Aber jetzt ist sie nicht da und ich habe meinen Schlüssel noch nicht abgeholt und bin ..."

„… ausgesperrt“, beendete Klarabella den Satz. „Kein Problem. Wollen wir uns in der Zwischenzeit was aus der Cafeteria holen?“

Minnies Magen knurrte. Sie hatte seit dem Morgen nichts mehr gegessen. Aber wenn sie jetzt wegging, könnte sie Daisy verpassen. Und das wollte sie auf keinen Fall.

Sie zeigte auf ihre Sachen.

„Ich sollte hierbleiben, falls …“

Ein Geräusch im Treppenhaus unterbrach Minnie. Und dann erschien Daisy. Ihre neuen Turnschuhe waren voller Dreck.

„Zu tun?“ Minnie zog eine Augenbraue hoch. Daisy wich ihrem Blick aus. Ihre Stimme klang merkwürdig grell. Irgendwie falsch. Daisy hatte Minnie noch nie angelogen. Klang ihre Stimme vielleicht so seltsam, weil sie log?

So viel dazu, dass alles wieder gut wäre, wenn sie Daisy träfe.

„Ja. Nichts Besonderes …“ Daisy beugte sich erschöpft vor, holte tief Luft und sah auf.

Minnie hatte sofort ein flaues Gefühl im Magen. Verlegen trat sie von einem Fuß auf den anderen. Wie sollte sie es Daisy beibringen?

Sie suchte noch nach Worten, als plötzlich zwei Jungs auftauchten, die Kisten trugen. Die kamen genau zur rechten Zeit, um von der Situation abzulenken. Sie schenkte den beiden neuen Mitstudenten ihr strahlendstes Lächeln.

Daisy wartete immer noch auf die Antwort, aber Minnie wandte sich von ihr ab.

„Toll, euch kennenzulernen“, zwitscherte sie.

„Ich bin Micky“, sagte der eine. Er gefiel Minnie sofort.

„He, können wir reden“, flüsterte Daisy ihr zu.

„Später“, war die knappe Antwort.

„Und ich bin Donald“, stellte sich der andere vor. „Unser Zimmer ist da hinten. Wir helfen den anderen beim Einziehen. So lernen wir sie gleich kennen.“

„Wie euch!“ Mickys Lächeln war breit und ansteckend. Minnie strahlte zurück. Vielleicht war der Tag heute doch gar nicht so übel.

„Wollen wir später zusammen essen?", fragte Micky. „Alle zusammen", fügte er hinzu und schaute in die Runde.

Minnie nickte.

„Das wäre super ..."

„Fein! Bis dann", unterbrach Daisy und zog Minnie weg. „Ich will nicht unhöflich sein, aber wir müssen gehen."

Sie zog Minnie mit sich in ihr Zimmer.

„He! Nicht so grob, Daisy!",

beschwerte sich Minnie, als Daisy sie und die Koffer unsanft ins Zimmer schob.

Daisy streckte ihr die Hände entgegen und fragte nur: „Wo ist das Päckchen? Gib es mir!"

„Es ist … wichtig …“ Daisy versagte die Stimme. Sie sah müde aus. Müder als nach einer dieser Nächte, in denen sie für ihre Prüfungen gelernt hatten. Die dunklen Ringe unter ihren Augen erinnerten an Gewitterwolken.

Und Minnie würde es noch schlimmer machen.

„Tja … nein …“, flüsterte sie.

Minnie erwartete, dass Daisy aus der Haut fahren würde. Aber nichts dergleichen geschah.

Sie wurde nur noch blasser und ihre Stirn legte sich in tiefe Falten. Sie war verzweifelt. Und zugleich verängstigt.

„Ist es noch bei dir zu Hause? Oder hast du es gar nicht abgeholt? Die haben gesagt, sie warten, bis du es geholt hast."

„Du weißt doch, dass ich es geholt habe", empörte sich Minnie. „Ich habe alles so gemacht, wie du es wolltest. Und wer sind ‚die' überhaupt? Ich will jetzt endlich wissen, was hier los ist!"

Daisy antwortete nicht. „Wo ist es?", fragte sie wieder und setzte sich aufs Bett. „Das wird ihnen gar nicht gefallen."

Minnie nahm neben ihr Platz. Diese Seite des Zimmers sah sehr nach Daisy aus.

Die alte Bettdecke mit den Blumen, die Bilder und das Poster aus Daisys Kinderzimmer ...

Aber Daisy hatte sich verändert.

Ihr Benehmen ...

Sie war so ängstlich, geradezu eingeschüchtert!

„Egal." Daisy schüttelte den Kopf. „Du würdest es nicht verstehen."

„Vielleicht doch." Minnie holte tief Luft. „Ich habe noch nicht alles erzählt ... das Päckchen wurde gestohlen."

Sie erzählte haargenau, was geschehen war. Daisys Augen wurden immer größer. Ihr Mund stand offen.

„Ich bin fast über eine Klippe gerauscht“, gab Minnie zu. „So viel Angst hatte ich noch nie. Ich muss immerzu daran denken.“

„Minnie, vergiss das Päckchen und was geschehen ist“, befahl Daisy. „Sonst könnte es schlimm enden. Du darfst nicht in Gefahr geraten!“

„Was meinst du damit?“, fragte Minnie. Das Wort „Gefahr“ echote durch ihren Kopf. Sie sah den eisigen Blick der Diebin, den Schatten und die Verfolgungsjagd wieder vor sich.

Sie fühlte sich wieder wie eine Detektivin aus einem Roman.

„Die ganze Sache ist doch total seltsam, Daisy“, meinte sie. „Und ich bin sicher, du weißt mehr, als du mir sagst.“

Ein leises „Ding“ kam von Daisys Handy und sie griff danach. Als sie auf das Display sah, waren ihre Augen wie verschleiert. Das trennte sie noch mehr von Minnie.

„Ich muss gehen“, sagte Daisy. „Es gibt ein Krisentreffen.“

„Mit deiner Gruppe?“, fragte Minnie. Sie stand auf und stemmte die Hände in die Hüften. „Das gefällt mir alles nicht!“, gab sie ihrer Freundin zu verstehen.

„Was für eine Krise soll das sein?"

„Eine Krise eben." Daisy mied Minnies Blick.

„Bitte, Daisy." Minnie legte eine Hand auf Daisys Schulter. „Sag mir, was los ist. Ich will es wissen."

Endlich sah Daisy auf. „Ich würde es dir zu gern erzählen, aber es wäre zu gefährlich für dich." Ihre Stimme war weich, als sie das sagte. Sie richtete ihre Schleife und stand auf. „Ich bin bald wieder da."

„Warte, Daisy! Dein ..."

Minnie bemerkte, dass Daisy ihr Handy vergessen hatte. Dann staunte sie, als sie die Zeichen auf dem Display sah.

Diese Initialen kannte sie.

Minnie zog den Fetzen Schal hervor, der sich in dem Ast verfangen hatte. Er gehörte der Diebin. Und da war das Zeichen: zwei goldene *Ls*.

Kannte Daisy die Diebin?

Minnie hatte keine Lust, auf die Antwort zu warten. Sie rannte zur Tür, um Daisy zu folgen.

Sie wollte die Wahrheit herausfinden.

Kapitel 4

Minnie nahm die Verfolgung auf!

Sie bemühte sich, immer in Deckung zu bleiben, um nicht von Daisy gesehen zu werden. Sie kam sich wie eine Figur in einem Videospiel vor.

Ihre Beine taten weh, als sie Daisy über die Hügel hinter dem Campus folgte. Immer wieder hielt Daisy kurz an und blickte unsicher über ihre Schulter, als wüsste sie, dass sie verfolgt wurde.

Aber Minnie machte ihre Sache gut.

Jedenfalls konnte sie mit ihrer bisherigen Detektivarbeit zufrieden sein.

Das sollte ihr erst mal einer nachmachen!

In ihrer laufenden Observation hatte sie allerdings mit einigen Hindernissen zu kämpfen. Beinahe wäre sie sogar in einer Fallgrube gelandet.

Sie sah sich die Falle genauer an. Zweige und Blätter waren sorgfältig über das Loch im Erdreich gelegt. Minnie hatte wirklich Glück gehabt, dass sie da nicht hineingefallen war.

Ohne Hilfe wäre sie da sicher nie mehr rausgekommen ...

Bestimmt hätte sie sich auch einen Knöchel verstaucht.

Wer hatte bloß daran Interesse, andere zu verletzen?

Für wen war die Falle gedacht? Und wer hatte sie gebaut?

Auf jeden Fall musste es jemand gewesen sein, der nicht wollte, dass der Wald zu viel Besuch bekam.

„Und wenn schon“, murmelte Minnie, wischte sich den Dreck von den Knien und nahm die Verfolgung wieder auf.

Auch Daisy rannte unbeirrt weiter und sah sich alle paar Minuten um. Minnie musste hinter den Büschen Deckung suchen, als sie an einen Bach kamen, in dem ein paar Steine lagen.

Wie eine Tänzerin hüpfte Daisy über die Steine ans andere Ufer. Minnie tat es ihr nach, aber weniger elegant.

„Uff!“, entfuhr es ihr, als sie den Bach überquert hatte.

Daisy kroch derweil durch einen großen Busch. Minnie hatte inzwischen völlig die Orientierung verloren. Hätte sie wenigstens die Karte des Uni-Geländes dabeigehabt!

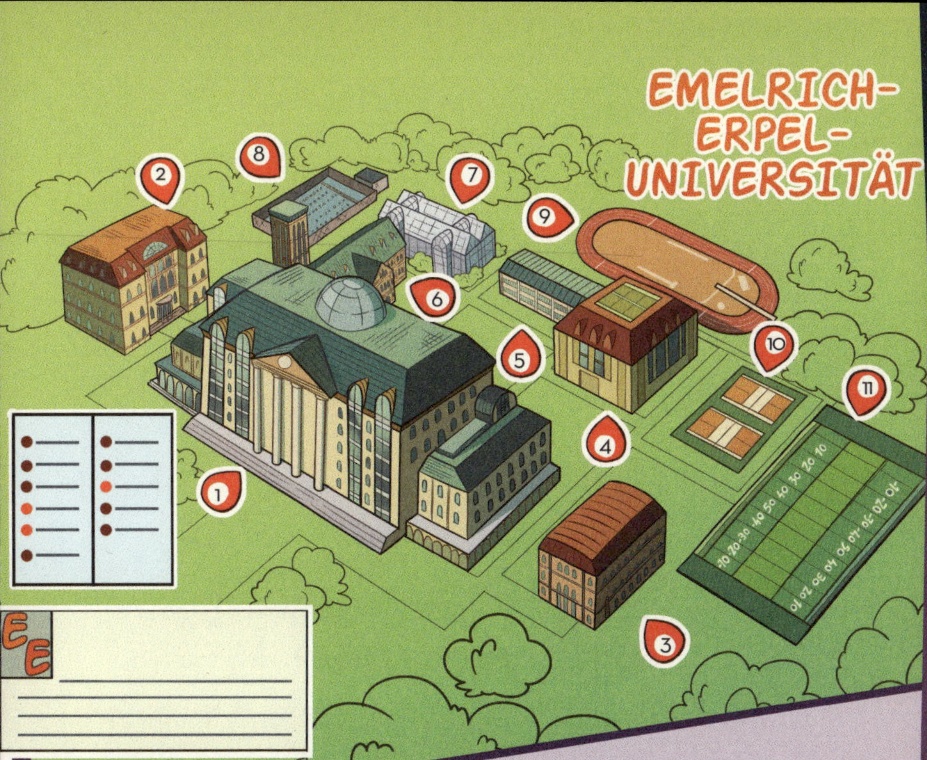

Was, wenn Daisy etwas

Illegales getan hatte?

Oder etwas, das gegen die Campusregeln verstieß? Was, wenn nur Minnie sie retten konnte?

Daisy kletterte durch ein Loch in einer Hecke und lief hinter einem Wasserfall hindurch.

Minnie folgte ihr vorsichtig und wagte kaum zu atmen.

Dann: eine Sackgasse!

Genauer gesagt, ein gewaltiger Felsbrocken. Als Minnie hinter dem Wasserfall hervortrat, stand Daisy direkt davor und betrachtete ihn.

Er war riesig. An so einem Felsen haben sie als Kinder so manches Mal gespielt. Sie stellen sich vor, dass er das Tor zur Elfenwelt war. Nur fanden sie leider nie heraus, wie man es öffnen konnte.

Daher staunte Minnie nicht schlecht, als sie sah, wie Daisy auf dunkle Stellen im Stein tippte.

Dreimal oben, dreimal unten, dreimal in der Mitte.

Ein Riss begann sich zu formen.

Er wurde größer und größer.

Minnie schaute genauer hin. Der Felsen teilte sich. Da war eine Tür, die sich vor ihren Augen öffnete. Wohin führte der Eingang nur?

Daisy blickte sich ein letztes Mal um und verschwand im dunklen Tunnel. Als Minnie sah, dass sich die Tür wieder schloss, rannte sie los und sprang hinterher.

KAPITEL 5

„Wow!" Minnie bestaunte ihre Umgebung. Nachdem sie durch einen engen Tunnel gegangen war, der schier endlos zu sein schien, gelangte sie in eine Halle. Die Felswände glänzten und von der Decke schimmerten goldene Lichter. „Wo bin ich hier?"

Die Halle war mit einem Tisch und Regalen aus Stahl ausgestattet. In den Regalen befanden sich Bücher, Akten und jede Menge Geräte, die Minnie an die Spionagethriller erinnerte, die sich ihre Tante immer ansah.

Beim Nähertreten entdeckte sie allerlei Apparaturen und sogar Schlapphüte.

In einem Regal lagen über zwanzig Ferngläser jeder Form und Größe.

Minnie nahm sich eines und schaute damit zur Decke.

Sie traute ihren Augen kaum. Die kunstvollen Muster waren vom Boden aus nicht zu erkennen. Jetzt sah sie jedes Detail. Wer dieses Fernglas benutzte, konnte auf große Entfernung jeden ausspionieren.

Wie schauderhaft. Wo war sie nur? War Daisy in etwas Kriminelles verstrickt?

Nein. Unmöglich. Minnie schüttelte den Kopf. Ihre beste Freundin doch nicht.

Und wenn doch ... dann würde sie ihr aus dem Schlamassel helfen.

Vorsichtig stellte sie das Fernglas zurück.

In einer Ecke der Halle befand sich ein Parcours mit Seilen. Minnie reckte ihren Hals so weit vor, dass sie fast die Balance verloren hätte und gegen einen Schrank geknallt wäre.

Da hätte sie genauso gut rufen können:

„Seht her, i bims, ein Eindringling!“

Sie musste vorsichtiger sein, wenn sie nicht entdeckt werden wollte. Und sie brauchte einen Plan.

Falls ihr etwas anderes einfallen sollte, als weiter tollpatschig durch dieses Geheimquartier zu laufen, könnte sie das unter Schritt 2 und 3 notieren ...

Sie musste Daisy finden. Was hatte sie hier nur zu suchen?

Minnie schlich weiter. Ihre Schuhe verursachten quietschende Geräusche und sie ärgerte sich, keine Turnschuhe angezogen zu haben.

Nächstes Mal müsste sie solche Sachen besser planen ... nächstes Mal? Warte mal! Nein! Es würde kein nächstes Mal geben. Sie hatte jetzt schon genug davon.

Sie wollte Daisy einfach nur aus dieser Misere befreien, und fertig! Danach würde sie die Sache einfach vergessen ...

Minnie schaute nach links. War das nicht das Klackern von hohen Absätzen? Es hallte durch einen der beiden Tunnel, die von der Halle abzweigten. Jemand näherte sich!

Sie lief nach rechts. Was, wenn jemand sie entdecken würde?

Würde die Diebin vom Rastplatz sie verhören?

Würde man sie in eine dunkle Zelle werfen – bei Haferbrei und Wasser?

Sie musste ein Versteck finden!

Im Eingangsbereich gab es ein paar Topfpflanzen.

Aber die waren zu klein.

Und unter das Sofa hätte nicht einmal eine Spinne krabbeln können.

Urks! Und wenn doch, hätte Minnie auf diese Gesellschaft gerne verzichtet.

Flüstern und Murmeln drangen durch den Gang. Die Stimmen kamen immer näher. Aber es gab kein Versteck! Außer ... Minnies Augen fielen auf den zweiten Tunnel. Die Stahlwände reflektierten ein lilafarbenes Licht. Die Idee, noch weiter ins Ungewisse zu laufen, missfiel Minnie. Sie könnte sich verirren! Oder sie könnte entdeckt werden!

Aber wenn sie blieb, wo sie war, würde man sie sowieso entdecken.

Sie hatte keine Wahl.

„Uns läuft die Zeit davon", drang eine Stimme aus dem Tunnel. „Die Überfälle häufen sich und sie scheinen ihrem Ziel näherzukommen."

„Wir müssen herausfinden, worauf sie es abgesehen haben …“

Die Schritte wurden lauter. Schatten verdunkelten die Wände des Tunnels neben ihr.

Von welchen Überfällen war da die Rede? Und was war das Ziel?

Sie rannte, so schnell sie konnte, in den anderen Tunnel.

Kapitel 6

Plötzlich hörte sie eine Stimme, die wie Daisys klang. Minnie rannte los, an Türen und Fenstern vorbei.

Sie sah andere Mädchen, Studentinnen wie sie – aber sie taten nicht gerade das, was Minnie von Studentinnen erwartet hätte.

Statt an Tischen grübelnd über Büchern zu sitzen, schienen sie für etwas zu trainieren.

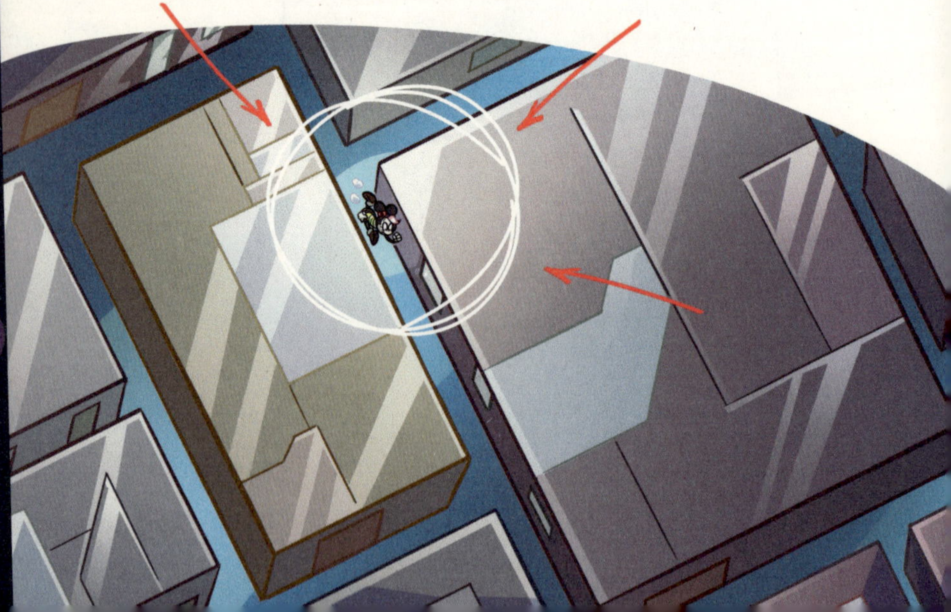

Einige setzten futuristisch aussehende Geräte zusammen, während sich andere im Radschlagen und Flickflack übten. Dann war da ein abgedunkelter Raum, in dem ein Laser-Labyrinth durchquert werden musste.

Ein Mädchen fiel Minnie besonders auf. Sie war überaus beweglich und geschickt. Nachdem sie durch das Hindernis gehüpft war, richtete sie sich stolz auf und zeigte ein sehr selbstzufriedenes Lächeln.

Plötzlich wandte sich das Mädchen zu ihr, und ohne dass Minnie auch nur eine Chance gehabt hätte, sich zu ducken, sah sie ihr in die Augen, die zu sagen schienen:

„Glaubst du, du kannst es besser?“

Ohne darüber nachzudenken, grinste Minnie sie an. *„Na klar!“*, gab ihr Blick dem Mädchen zu verstehen. Sie war über sich selbst erstaunt.

Was hatte sie sich nur dabei gedacht?

Es sollte sie doch niemand sehen! Dieser Ort hatte sie leichtsinnig werden lassen. Plötzlich war sie sich wie eine Superheldin vorgekommen, die bereit war, gegen Monster anzutreten.

Minnie ging weiter bis zu einer Art Klassenzimmer, in dem irgendein Unterricht stattfand. Als Minnie ein Ohr an die Wand legte, hörte sie Begriffe wie **Geheimcodes**, **Chiffrieren** und **Kryptographie**.

Durch ein Fenster sah sie eine furchtbar komplizierte Formel an der Tafel. War das eine **Geheimkundeklasse?**

Als Kind hatte sie immer von so etwas geträumt. Und sie hatte mit Daisy und ein paar Freunden einen **Detektivklub** gegründet.

Sie, Daisy und die anderen
Kinder hatten die Eltern
bekniet, ihnen
Notizblöcke,
ein Mikroskop
und Spuren-
sicherungspulver
zu kaufen.

Die Rückenschmerzen, die sie sich bei der stundenlangen Spurensuche auf dem Gehweg zugezogen hatte, waren ihr noch gut im Gedächtnis.

Erfolge hatten sie keine, nicht mal eine richtige Mission, aber sie hatten jede Menge Spaß – es war eben ein Spiel.

Mit einem Kopfschütteln beendete sie ihren gedanklichen Ausflug.

Sie hatte Daisys Stimme wieder gehört.

So schnell sie konnte, rannte sie eine Rampe hinunter und bog um eine Ecke.

Jetzt war nur noch das Murmeln aus dem Klassenzimmer zu hören. Sie schaute sich nach allen Seiten um. In welche Richtung sollte sie bloß gehen?

Da! Noch eine Stimme!

BLA
BLA
BLA

BLA BLA
BLA BLA

Diese Stimme gehörte einer älteren Person. Sie musste sich bei Daisy befinden.

Minnie schlich sich wie eine Ballerina auf Zehenspitzen näher heran.

Da war wieder eine Kreuzung. Welchen Weg sollte sie nehmen?

Sie drückte sich gegen die Wand und lugte vorsichtig durch ein kleines Fenster. Was sie wohl hier entdecken würde?

Der Raum war voller Computer und Technikkram.

Eine Gruppe von Leuten in Kitteln starrte auf einen der Bildschirme.

Aber Daisy war nicht da.

Minnie ging weiter, bis sie vor einer kleinen Stahltür stand. Hier war der Gang zu Ende. Auf dem Türblatt waren zwei VV zu sehen.

Wofür standen die?

Fragen über Fragen.

Langsam wurden es zu viele.

Hier gab es jedenfalls keinen weiteren Tunnel oder irgendeinen Hinweis darauf, wo sie sich befand.

Und es herrschte Stille.

Was blieb ihr anderes übrig, als diese Tür zu öffnen?

Hoffentlich lag dahinter kein Monster auf der Lauer ... nein, da war nur ein normales Büro.

Kein Schlupfwinkel eines verschrobenen Wissenschaftlers, sondern ein schlichter Raum mit einem Bücherregal, einem Schreibtisch und drei Stühlen – auf einem davon saß Daisy, die verblüfft die Augen aufriss.

„Minnie!", rief sie. „Was machst du denn hier?"

„Ich bin dir gefolgt", gestand Minnie und griff nach Daisys Hand. „Bist du okay? Haben sie dir etwas getan?"

Minnies Blick wanderte durch den Raum. „Ich habe doch jemanden schimpfen hören."

„Beruhige dich", bat Daisy. „Mir geht es gut."

Minnie sah sie besorgt an und flüsterte: „Beruhigen können wir uns später. Jetzt müssen wir abhauen, solange es noch geht. Es könnte jede Sekunde jemand hereinkommen.“

Sie zog energisch an Daisys Hand.

Doch Daisy löste sich aus Minnies Griff. „Ich werde nirgendwohin gehen. Du verstehst das nicht.“

„Du verstehst nicht!“

Minnie zischte: „Ist die Frau, die dein Päckchen gestohlen hat, hier? Ich habe ihre Initialen auf deinem Handy gesehen.“

Sie sah sich unsicher um, als erwarte sie, dass die Diebin augenblicklich hinter dem Regal hervorspränge.

Dann wandte sie sich Daisy zu. „Was ist das hier? Wo bist du da nur hineingeraten?“

„Aber es ist …“, begann Daisy, als hinter Minnie ein Geräusch zu hören war. Ein Quietschen.

Rechts vom Bücherregal verborgen öffnete sich langsam eine Tür.

Minnie zuckte zusammen. Dann packte sie wieder Daisys Hand.

„Noch eine Tür? Wir müssen weg! Jetzt!“

Aber Daisy rührte sich nicht.

Inzwischen war eine große Frau durch die Tür getreten. Sie musterte Minnie von Kopf bis Fuß, wobei ihr Blick auf ihren schlammigen und grasbefleckten Schuhen verweilte.

„Aha, unser Eindringling."

Die Dame lächelte. „Wir haben dich erwartet."

„Wen, mich?"

Minnie musste husten.

„Sie ... Sie wussten, dass ich hier bin?"

„Sicher."

Das perlende Lachen der Frau war einnehmend. Ihre grünen Augen hatten auf den ersten Blick kalt gewirkt, nun sprühten sie voller Wärme und Freundlichkeit. Sie hatte grimmig ausgesehen, aber jetzt war sie nett und aufgeschlossen.

Natürlich konnte das auch eine Falle sein. In Minnies Detektivromanen gaben sich die Schurken anfangs auch immer nett und fanden stets freundliche Worte.

„Ich habe dich beobachtet, seit du durch unsere geheime Tür gekommen bist." Sie setzte sich auf einen thronähnlichen Stuhl. „Hast du geglaubt, hier gäbe es keine Sicherheitsanlage?"

Minnie sah sich um.

Sie konnte keine versteckten Kameras erblicken! (Obwohl sie ja nicht versteckt wären, wenn man sie sehen könnte.)
Reichlich kleinlaut gab sie zu:

Ihr Selbstvertrauen war inzwischen wie Nebel über einem See verdampft.

„Direktorin Veronika Veldmaus", sagte die Dame und reichte Minnie eine manikürte Hand.

„Nett, dich kennenzulernen."

Minnie sah Daisy fragend an. Erst als Daisy nickte, ergriff sie die Hand und schüttelte sie zaghaft.

„Wir?", hakte Minnie nach. „Wer ist wir?"
Trotzig beugte sie sich leicht vor und sagte: „Sie haben vorhin mit Daisy geschimpft. Das habe ich genau gehört."

„Ach, das … es ging um etwas, das deine Freundin verpatzt hat."

Daisy errötete und Minnie trat näher an sie heran. Niemand durfte Daisy in Verlegenheit bringen.

„Das hat sie bestimmt nicht!", rief sie.

Daisy sah plötzlich sehr niedergeschlagen aus.

„Was denn? Was sollst du vermasselt haben?"

„Kann mir bitte mal jemand erklären, **worum es hier geht?"**

Sie fühlte sich wie vor ihrem 16. Geburtstag, als die ganze Familie und ihre Freunde eine ober-gigantische

Überraschungsparty für sie planten und wochenlang jedes Gespräch verstummte, sobald sie den Raum betrat.

Ihre besten Freunde legten das Telefon weg, wenn sie auftauchte, oder sie tuschelten hinter ihrem Rücken miteinander. Minnie glaubte, niemand könne sie mehr leiden, bis die Erleichterung kam, als ihr klar wurde, wie sehr alle sie liebten.

Sie hasste es, wenn Leute Geheimnisse vor ihr hatten.

„Ich verlange sofort eine Erklärung! **Und zwar jetzt!**"

Sie machte ein entschlossenes Gesicht. So wie sie es immer tat, wenn sie im Sport ihre Gegnerinnen einschüchtern wollte. Für gewöhnlich funktionierte das auch.

„Also. Willst du anfangen?", fragte sie Daisy ungeduldig.

Die biss sich auf die Lippe.

„Ich kann nicht. Tut mir leid."

Nach allem, was sie hinter sich hatte, war Daisy immer noch nicht bereit, ihr die Wahrheit zu sagen?

War das noch Freundschaft?

„Ich habe es versprochen, als ich den Vertrag unterschrieben habe."

Welchen Vertrag?

„Lass mich es ihr erklären. Schließlich ist es meine Operation", schaltete sich die Direktorin ein. „Andererseits hatte ich geglaubt, du wärst schon selbst darauf gekommen. Ich hatte dich für schlauer gehalten."

Sie lehnte sich zurück und drehte die Daumen. Das ärgerte Minnie. Machte sich diese Dirketorin von was auch immer etwa über sie lustig? Wollte sie sie testen? Auf die Probe stellen? Hielten die sich für etwas Besseres? Weder diese Direktorin noch die Streberin im Trainingsraum hatten das Recht dazu. Immerhin war sie bis hierher gekommen.

(Wenn auch nicht unbemerkt.)

„Ist das hier ein Trainingszentrum, in dem Superagenten ausgebildet werden, die die Welt retten sollen?", schoss es völlig unüberlegt aus ihr heraus.

Oje! Wie konnte sie so etwas Dämliches sagen? Wie sich das angehört hatte. Natürlich war es absolut unsinnig.

Doch die Direktorin klatschte langsam in die Hände. „Nah, sehr nah“, sagte sie.

Minnie war verblüfft. „Wirklich ...?“

Sie räusperte sich. „Klar, ich meine, das habe ich gewusst.“

Daisy stöhnte auf und die Direktorin lachte.

„Ich habe dich gleich gemocht, als ich dich gesehen habe“, sagte sie sanft. „Wir wissen, dass wir dir trauen können. Und wir wissen, dass du ein wichtiges Mitglied unseres Teams sein wirst.“

„Ihres Teams?“, fragte Minnie.

„Im Ernst?“

Kapitel 7

Daisy war ganz aus dem Häuschen. Sie wollte sogar mit Direktorin Veldmaus lässig abklatschen!

Aber die zog nur eine Augenbraue hoch.

„Ah Verzeihung“, murmelte Daisy, zog die Hand zurück und hielt sie Minnie hin.

Wie in Trance schlug Minnie ein. Ihre Gedanken rasten und bildeten doch nur ein Wort:

SPION SPION SPION SPION SPION SPION SPION

Ohne es zu bemerken, sprach sie es aus. Die Direktorin korrigierte sie:

„Keine Spione, sondern Detektive und Spezialagenten. Wir ermitteln gegen Kriminelle und gegen alle Arten von Komplotten."

„Detektive, wie in den Büchern, die wir gelesen haben?"

Minnie hielt den Atem an.

„Ja! Ich bin eine Detektivin. Und du kannst auch eine werden. Gib zu, dass das cool ist", war Daisys Antwort.

„Irre cool", bestätigte Minnie matt. Ihr ging gerade alles durch den Kopf, was an diesem Tag geschehen war.

Innerhalb von zehn Stunden hatte sich ihr Leben total verändert. Von einer gewöhnlichen Studienanfängerin war sie zur Geheimagentin geworden.

„Moment mal!", rief sie und schaute die Direktorin an. „Die Kameras! Wieso haben Sie mich nicht aufgehalten?"

„Weil du keine Bedrohung bist, sondern ein echtes Talent“, sagte die Direktorin. „Du bist Daisy bis hierher gefolgt. Und das ohne Ausbildung. Das war beeindruckend. Solche Leute brauchen wir.“

„Ich soll hier also arbeiten?“

Minnie sah sich um, als suchte sie Antworten, die Direktorin Veldmaus ihr nicht geben würde. Urkunden, Auszeichnungen und Danksagungen von berühmten Leuten hingen an den Wänden.

Und ein Foto von Veronika Veldmaus und der Königin von England.

„Genau! Obwohl du den Eignungstest zunächst nicht bestanden hast!“, rief Daisy. „Oh, so hab ich's nicht gemeint“, fügte sie erschrocken hinzu.

Minnie wusste, wie Daisy es meinte, und musste zugeben, dass sie ja recht hatte. Sie war durch die Prüfungen gefallen und ist lediglich nachgerückt.

Sie richtete sich auf.

Sie würde es allen beweisen, dass sie es konnte!

Auch wenn sie nicht wusste, worum es genau ging, würde sie die Chance, eine Detektivin zu werden, sicher nicht vertun.

„Da!“ Direktorin Veldmaus drehte einen Bilderrahmen, der auf ihrem Tisch stand, herum. Minnie beugte sich vor, um sich das Foto anzusehen. Es zeigte eine Gruppe von Mädchen, die denen in der Studentenbroschüre der Emelrich-Erpel-Universität sehr ähnlich sahen.

„Das sind die Absolventinnen des vergangenen Jahres von der SPY POWER ...“

„... der ‚Privaten Organisation für Wasserdichte Ermittlungen und Rundumeinsätze‘. Die Agentinnen wurden sorgsam ausgebildet. Du kannst eine von ihnen werden.“

„SPY POWER", wiederholte Minnie langsam. „Was tun sie?"

„Kurz: Die bösen Jungs aufhalten. Wir haben die Mittel, die Macht und die Lizenz, im Geheimen zu operieren und die Welt zu retten!"

„Wir können die Welt retten?" Minnies Herz schlug schneller.

„Ich kann nicht glauben, dass du mir nichts davon erzählt hast!"

Minnie stand mit verschränkten Armen da, schaute Daisy aber nicht an.

„Was hätte ich denn machen sollen? Ich hatte doch geschworen, nichts zu verraten."

„Du hast mich **angelogen**", flüsterte Minnie.

„Ich musste!"

„Seit wann bist du dabei?"

„Vor einem Monat bekam ich eine Mail", gestand Daisy.
„Das war an dem Tag, als ich auch erfuhr, dass die Uni mich angenommen hatte. Ich musste zu dieser Einführungswoche und unterschrieb gleichzeitig bei SPY POWER, dass ich niemandem etwas sagen würde."

Direktorin Veldmaus erhob sich von ihrem Stuhl. „Du wirst auch niemandem davon erzählen dürfen. Wenn du unterschrieben hast, hat SPY POWER absoluten Vorrang.“ Sie schob Minnie ein Formular zu.

„Ich weiß nicht, was ich sagen soll. Erst hatten Sie mich abgelehnt. Wieso wollen Sie mich jetzt doch dabeihaben?“, wollte Minnie wissen. „Was ist jetzt anders? Und was bedeuten die beiden Ls? Ich unterschreibe erst, wenn ich die Antworten bekommen habe.“

Aber ich will zu gern unterschreiben ...

„Du hast uns vorher nicht überzeugt."

„Wir nehmen nur die besten Hundert aus allen Universitäten. Von der Emelrich-Erpel-Uni sind nur **zwei** Studentinnen ausgewählt worden."

Noch bevor Minnie etwas sagen konnte, hob die Direktorin die Hand.

„Aber wir behalten auch die im Auge, die nahe daran waren. **So wie du.**"

„Ich?"

„Ja, du“, bestätigte die Direktorin, „Daisy hatte vorgeschlagen, dich das Päckchen in der Gasse abholen zu lassen. Und wir gaben dir die Chance.“

Sie warf Daisy einen Blick zu.

Die Direktorin fuhr fort:
„Wir beobachteten dich und gewannen den Eindruck, du könntest zu unserem Team passen.“

„Aber ich habe das Päckchen verloren!“

„Jeder macht mal einen Fehler.“

Pure Euphorie durchströmte Minnie.

„Die Organisation ist eine große Sache und du kannst ein Teil davon sein, Minnie. Die Frage ist nur,

willst du das?“

Minnie dachte daran, wie ausgegrenzt sie sich gefühlt hatte, als Daisy allein zur Uni gefahren war.

Nun wollte die Direktorin sie in den Kreis aufnehmen.

Wollte sie es?

Kapitel 8

„Perfekt!" Direktorin Veldmaus nickte.

„Ich bin so aufgeregt. Das wird echt super", flüsterte Daisy und ihre Augen funkelten.

„Die Anzüge, die wir tragen, sind aus Hightech-Material. Das dehnt sich, wenn du dich bewegst. Es wurde hier entwickelt", erklärte Daisy, wobei ihre

Hände wie wild durch die Luft fuchtelten.
Nun sprudelte es förmlich aus ihr heraus!

„Tja, früher hätten wir uns das alles hier wohl nicht ausgemalt, wie?“, stimmte Minnie ihr zu. Sie dachte an die Tage, die sie immer im Sommer zusammen verbracht hatten. Da war das Aufregendste: am Pool liegen, surfen (oder es versuchen) und alle Eissorten testen, die es gab.

Das war das Größte!

Jetzt hatten sie mit Spionen und Geheimaufträgen zu tun.

Konnte etwas aufregender sein?

„Haben wir eine Mission?“

„Sogar eine dringliche. Es gibt einige Gruppen, die im Moment Ärger machen. Aber eine sticht besonders hervor. Um mehr zu erfahren, musst du den Vertrag unterschreiben.“

Daisy wurde langsam unruhig.

„Also gut. Wo muss ich unterzeichnen?“

Direktorin Veldmaus zeigte auf den Vertrag. Minnie atmete tief durch. Dann setzte sie ihren Namen darunter und sah die Direktorin an.

„Und, kommen jetzt die Instruktionen?“

„Du musst erst …“

Ein Klopfen an der Tür unterbrach die Direktorin. Sie ging zu einem Guckloch in der Wand.

„Über der Tür hängt eine Geheimkamera“, erklärte sie.

Natürlich war da eine geheime Kamera.

„Ah, Agentin Ramona“,

rief die Direktorin und betätigte den Türöffner. Da stand das Mädchen aus dem Labyrinth.

„Sie haben mich gerufen?“

Ihrem Gesichtsausdruck nach müsste sie gerade eine Zitrone verputzt haben. Sie betrachtete Minnie argwöhnisch.

Die Direktorin legte eine Hand auf Ramonas Schulter und winkte Daisy und Minnie herbei. „Das ist Agentin Ramona Rackler. Sie ist auch Studienanfängerin und noch neu bei uns. Sie wird eure Partnerin bei der Mission."

Ramona musterte Minnie genau.

„Wer ist die denn?"

„Ach ja, ihr müsst wissen, ihr seid drei Anwärterinnen, aber wir haben bei SPY POWER nur zwei freie Stellen", sagte die Direktorin.

„Warten Sie“, rief Ramona. „Soll das heißen, die da kann mir meinen Platz wegnehmen? Ich dachte, ich sei aufgenommen.“

„Noch seid ihr alle in der Probezeit“, erklärte die Direktorin. „Am Ende der Mission werde ich entscheiden, wer bleibt.“

Minnies Magen krampfte sich zusammen. Aber als Ramona sie herausfordernd angrinste, stieg Wut in ihr hoch.

Sie starrte Ramona an. Für wen hielt die sich?

Minnie wollte es drauf ankommen lassen.

„Agentin Minnie ist in dieser Mission unsere Geheimwaffe, obwohl sie die erste Trainingswoche verpasst hat. Sie wird es trotzdem schaffen“, erklärte die Direktorin.

„Ach ja?“, wisperte Minnie.

„Verlass dich darauf. Ihr drei werdet eine Woche lang ein Spezialtraining absolvieren. Und danach legen wir los.“

Minnie und Daisy sahen sich an. Dann beugten sie sich näher an die Direktorin heran. Ramona stand nun etwas abseits.

„Worum geht es genau?“, fragte Daisy.

„Um einen Kunstraub“, sagte die Direktorin. Mit einer Handbewegung schaltete sie den Bildschirm hinter sich an der Wand ein. Das Foto einer Frau war nun zu sehen. Es war unscharf, aber Minnie erkannte die Frisur und sogar die Augen …

„Die Frau vom Rastplatz!“, entfuhr es ihr. Das Bild jagte ihr einen Schauer über den Rücken.

„Steckt sie dahinter?“

„Sie führt nur aus. Der Kopf dahinter ist eine renommierte Kunsthändlerin“, erklärte Direktorin Veldmaus grimmig.

WISCH!

Nun waren zwei verschlungene Ls und ein schärferes Bild der Frau zu sehen.

„Die Gruppe nennt sich die Lumpen-Liga.“

Die Buchstaben verschwammen vor Minnies Augen.

„Die Buchstaben waren auch auf deinem Handy, Daisy!“

Daisy nickte.

„Stimmt. Nachdem du mir von dem Diebstahl erzählt hast, habe ich die Info gleich weitergegeben. Wir hatten sofort die Liga im Verdacht.“

Die Direktorin übernahm das Wort. „Sie haben ein illegales Geschäftsimperium aufgebaut, mit dem sie die Weltherrschaft zu erlangen gedenken, was wir bisher verhindern konnten.“

„Aber sie versuchen es weiter und werden immer besser – und verschlagener."

Noch ein Wisch und ein neues Bild erfüllte den Bildschirm. Ein funkelndes Diadem auf einem Samttuch.

Minnie nickte, sagte aber nichts. Sie war zu ergriffen. Sogar Ramona schien es die Sprache verschlagen zu haben.

„Kürzlich erhielten wir von unserem geheimen Nachrichtendienst die Information, dass es die Lumpen auf kostbare Kunstwerke abgesehen haben, die sich in Museen und Galerien befinden."

Das Diadem machte für ein Bild von einem großen Gebäude mit Säulenportal Platz.

„Das ist das

Museum für Internationale Kunst."

Das Bild zoomte heran, bis eine Tür zu sehen war.

„Durch diese Tür sind sie vergangene Nacht eingedrungen und haben das Diadem gestohlen."

„Ist das wahr?“, fragte Ramona. „Ich war mal in dem Museum. Da sind überall Wachen und Kameras. Wie haben die Schurken das geschafft?“

„Das müssen wir herausfinden“, sagte die Direktorin.

Minnie presste die Hände gegeneinander.

Sie schaute auf die Bilder des streng gesicherten Museums.

„Das ist ja alles sehr interessant. Aber wie können wir da helfen?"

„DU kannst es! Es gibt einen Grund, wieso du dabei so wichtig bist."

Noch ein Wisch!

Ein neues Bild. Es zeigte eine Frau, die aussah wie ...

Kapitel 9

Minnie blinzelte. „Nein. Bin ich doch nicht."

Aber es war jemand, der ihr ungeheuer ähnlich sah.

Ramona schnaubte. „Ich habe doch gewusst, dass es noch einen Grund gibt, wieso diese Niete hier ist. Beziehungsweise scheint das wohl auch der einzige Grund zu sein. Pah!"

Minnie war mit dem Bild beschäftigt und achtete nicht auf Ramona.

„Sie könnte mein Zwilling sein", sagte sie.

„Richtig! Deshalb haben wir dich beobachtet, obwohl du durchgefallen warst. Wir wussten, dass du eines Tages wichtig werden würdest, weil nur du als Lana Lump verdeckt ermitteln und das Diadem finden kannst."

„Wie bitte?", murmelte Minnie.

„Du hast richtig gehört, Minnie."

„Ich soll das Diadem holen?
Könnte das inzwischen nicht schon sonst wo sein?"

„Schon. Aber in Wahrheit ist alles ein wenig komplizierter, als es den Anschein hat", meinte die Direktorin. Sie wischte schwungvoll den Globus auf ihrem Bildschirm weg.

Dann sah sie Ramona streng an und sagte: „Reißt euch bitte zusammen. Ihr müsst als Team funktionieren. Nur das ist jetzt wichtig."

Die Direktorin hatte natürlich bemerkt, dass es zwischen ihr und Ramona knirschte. Glaubte sie, Ramona könnte aus purem Trotz die Mission gefährden?

Stille füllte den Raum und Veronika Veldmaus fuhr fort: „Die Lumpen-Liga sucht Codes. Einer Legende nach sind die in Kunstwerken versteckt. Alle zusammen geben einen großen Schatz preis."

„Eine Legende. Glauben Sie daran?", fragte Daisy.

„Nicht unbedingt", antwortete die Direktorin. „Aber es könnte etwas dran sein. Erwähnt wird die Legende in einem alten Buch, das verloren ging. Im Laufe der Zeit entstanden immer mehr Gerüchte, worum es sich bei dem **Schatz** handelt ..."

„Zum Beispiel?", unterbrach Ramona.

„Manche sagen, die Codes führen zu einem Schatz aus Gold und Juwelen", sagte Frau Veldmaus. „Andere meinen, er würde die Welt zerstören. Wieder andere glauben,

dass man mit ihm die Welt beherrschen könne. Es gibt viele Theorien, aber keine Gewissheit."

Sie faltete ihre Hände und sah in die Runde.

„Entscheidend ist, dass die Lumpen-Liga daran glaubt. Und um an die Codes zu gelangen, rauben sie Kunstschätze von unermesslichem Wert."

Direktorin Veldmaus wischte wieder das Diadem auf den Bildschirm. Einer der Steine war eingekreist.

„Ein Code soll sich unter diesem Rubin befunden haben!"

„Und das bedeutet, die Lumpen-Liga hat einen der Codes entdeckt!"

„Haben sie das wirklich?“, fragte Ramona.

Die Direktorin seufzte und sagte:
„Zwei unserer älteren Agenten haben eine Nachricht abgefangen, nach der sie ihn haben.

Die Liga wird sich daher auf den nächsten Raubzug vorbereiten. Und sie ahnen bereits, dass wir ihnen auf den Fersen sind.

Wir wissen jedenfalls, dass sie die geraubten Artefakte durch perfekte Kopien ersetzen wollen.“

„Ursprünglich wollten wir ihnen damit zuvorkommen."

„Aber wie kann man überhaupt eine perfekte Kopie anfertigen?", fragte Daisy.

„Mit einem speziellen Gerät, das sie Minnie gestohlen haben. Das Objekt, das sie in der Gasse abgeholt hat, ist ein 3-D-Super-Drucker, der für uns entwickelt wurde. Die Lumpen-Liga hat davon erfahren und verfolgte Minnie. Das heißt nun aber auch, dass sie sich zusammenreimen können, was wir wissen."

„Und was genau sollen wir jetzt machen?", wollte Minnie wissen.

Direktorin Veldmaus grinste.

„Nun, jetzt kommst du ins Spiel, Doppelgängerin."

„Nur du kannst Lana Lump ausschalten, ihre Rolle übernehmen und herausfinden, was die Liga vorhat. Und dann werdet ihr denen das Handwerk legen."

Minnie war mehr als verblüfft.

„Ich?"

„Sie?" Daisy sah ihre Freundin an.

„Ja.", bestätigte die Direktorin. „Ihr drei werdet sie besiegen. Und wenn die Legende wahr ist, werdet ihr damit

die Welt retten!"

Kapitel 10

Alles ging so schnell!

Minnie musste an die Zeit denken, in der sie und Daisy für Actionfilme schwärmten. Jeden Freitag sahen sie sich einen Film an.

Eines war bei all den Filmen gleich: Im ersten Drittel des Films geriet der Held, bis dahin ein ganz normaler Typ, in eine extrem brenzlige Lage,

die er nur meistern konnte, indem er sich zum Helden mauserte.

Minnie wusste nicht, ob sie zur Heldin werden würde, aber während der Trainingswoche geschah eine Wandlung mit ihr. Es kam ihr so vor, als würde sich ihr Körper superschnell bewegen, weshalb sich alles wie in Zeitlupe abspielte und sie sich jedes Detail einprägen konnte.

TAG EINS:

„Kick!“ Minnie machte sich bereit und trat mit dem rechten Bein kraftvoll zu.

„SCHLAG! TRITT! SCHLAG! TRITT!“

Sie keuchte und sie hatte Schmerzen in Muskeln, von denen sie nicht wusste, dass sie sie hatte. Von denen sie nicht mal wusste, dass es sie gab.

Aber sie machte weiter!

Sie lernte sogar Salto rückwärts.

TAG ZWEI:

Der Hacker-Kurs.

TAG DREI:

Der Ausrüstung-einpacken-Kurs.

„Vergesst eure Enterhaken nicht. Sie können sehr nützlich sein, wenn man flüchten und von einem Dach springen muss."

TAG VIER:

Das war der Unterricht zum Dechiffrieren von Codes.

TAG FÜNF:

Die Geheimfertigkeiten!

TAG SECHS:

Ein Testlauf mit der Technik, die eingesetzt wird.

„Agentin Daisy, du wirst im Wagen bleiben und die beiden anleiten …“

„Agentinnen Minnie und Ramona, eure Kommunikatoren sind mit einem POWER-Netzwerk verbunden, falls ihr getrennt werden solltet …“

TAG SIEBEN:

Der Verkleidungs-Kurs, wobei die Verkleidungen zahllos waren.

„Wählt dunkle Farben, damit ihr in der Dunkelheit oder einer Menschenmenge untertauchen könnt. Aber denkt daran, manchmal muss man auch gesehen werden."

„Mit Silikon kann man die Nasenform ändern. Gefärbte Kontaktlinsen ändern die Augenfarbe ..."

Am Ende des Kurses sah Minnie in den Spiegel und konnte es kaum glauben.

Mit ein wenig Maskenbildnerei, einem falschen Haarteil und eleganter Kleidung sah sie wie die Chefin der Liga aus.

„Bist du okay?“, fragte Daisy.

„Ja ... ich meine, nein!“, erwiderte Minnie verwirrt. „Ich bin total aufgeregt!“

Daisy nahm Minnies Hand, sah sie an und sagte: „Du wirst großartig sein.“

Nachdem sich Minnie abgeschminkt und umgezogen hatte, zeigte Daisy auf die elektronischen Geräte. „Du bist bestens vorbereitet!“

„Wir dürfen nicht aufgeben. Sonst hat Ramona gewonnen. Wollen wir das?“

Minnie schüttelte den Kopf. „Ramona wartet nur auf einen Patzer von mir. Sie ist so seltsam. Manchmal ist sie freundlich, aber dann wieder unausstehlich. Wenn sie überhaupt anwesend ist. Oft ist sie für Stunden verschwunden.“

„Sie tut nur so überheblich, aber sie hat bestimmt auch nur Angst zu versagen“, meinte Daisy.

„Und wo ist sie jetzt gerade wieder?“, fragte Minnie.

Daisy zuckte mit den Achseln. „Sie sitzt irgendwo und schmollt, weil du die große Nummer bist.“

„Aber wenn sie später versagt, hat sie sich das selbst zuzuschreiben. Wir haben jedenfalls alles gegeben und waren sogar nachts hier.“

Minnie zeigte auf die beiden Schlafsäcke.

„Und genau deshalb wird man uns übernehmen. Wir werden uns bewähren. Und das ist das Wichtigste“, meinte Daisy.

Natürlich!

„Richtig“, rief Minnie und fügte flüsternd hinzu: „Wir werden POWER-Agentinnen.“

Minnie und Daisy

klatschten

fröhlich ab …

… und grinsten wie Honigkuchenpferde.

Dann warf Minnie einen Blick in ihre Agententasche, in die sie alles gepackt hatte, was sie brauchen würde.

Das ist echt die tollste Sache der Welt.
Stimmt! Ich bin zu allem bereit und werde euch durch alle Gefahren manövrieren.

Ein Summen ertönte und eine alarmierende Stimme kam aus dem Lautsprecher.

Minnie strahlte.

Sie würden die Lumpen-Liga stoppen und die Welt retten!

Kapitel 11

Die Kunstgalerie war ein Gebäude mit einer ultramodernen Glasfassade. Der Nachrichtendienst der POWER hatte ein Gerücht aufgeschnappt, wonach

sich hier eine Basis der Lumpen-Liga befand. Für Kunsträuber war das die perfekte Tarnung.

Wer würde schon Verdacht schöpfen, wenn sich Galeristen andere Galerien oder Museen anschauen und sogar Fragen zur Sicherheitstechnik stellen würden?

„Noch fünf Minuten", klang es in Minnies Ohr. Sie zuckte zusammen. Es war noch zu ungewohnt.

„Bist du bereit?", fragte Ramona.

Minnie nickte. Bisher verhielt sich Ramona normal.

Die bissigen Kommentare und Anfeindungen blieben für den Moment aus.

Seit gestern (nachdem sie wieder zu spät gekommen war) war sie jedenfalls geradezu supernett. Womöglich konnte sie doch ganz gut in einem Team arbeiten.

„Dann los!“ Ramona hielt ihr die Faust hin. „Finden wir heraus, was sie als Nächstes vorhaben und bringen die Infos zur Zentrale!“

„Scht“, zischte Minnie. Ramona sprach viel zu laut.

„Wartet!“, warnte Daisy. „Meine Kameras zeigen zwei Leute vor der Galerie. Einen Mann und eine Frau. Bleibt, wo ihr seid!“

Minnie riskierte einen Blick auf die Galerie. Dann sagte sie zu Ramona:

„Okay. Wir müssen warten, bis die Luft rein ist."

„Lass mich auch mal sehen." Ramona konzentrierte sich so auf die beiden Gestalten, dass sie den Mülleimerdeckel übersah, der am Boden lag ...

RA-DONG!

Vor Schreck machte sie einen Satz nach hinten und stieß gegen Minnie. Beide stürzten zu Boden.

Das ging ja gut los!

„He, alles in Ordnung? Was war das für ein Lärm?", fragte Daisy.

Minnie stöhnte auf.

Wie konnte Ramona so ungeschickt und laut sein?

Sie durften nicht entdeckt werden.

Sie hätte Ramona gern die Meinung gesagt, hielt sich aber zurück.

Was, wenn die beiden sie gehört hatten?

Ein **Schatten** huschte über die Mauer und wurde immer größer.

„Jemand nähert sich euch. Rührt euch nicht", befahl Daisy.

In dem Moment sprang eine **streunende Katze** von einem Mülleimer und der Schatten zögerte.

Dann wurde er kleiner.

Gerettet!

Vorerst, jedenfalls.

Minnie entfuhr ein Seufzer, dann antwortete sie Daisy: „Die verziehen sich. Dank der Katze. Sie dachten offenbar, sie hat den Lärm verursacht. Haben wir jetzt freie Bahn?“

„Positiv! Ihr könnt die Straße überqueren und in die Galerie gehen.“

Ramona zupfte Minnie am Ärmel. „Tut mir leid, Minnie“, flüsterte sie. Sie sah wirklich zerknirscht aus.

„Du hättest auf mich hören sollen, oder willst du unsere Mission jetzt schon scheitern lassen?“

„Natürlich nicht. Jetzt krieg dich wieder ein, klar? Wir machen alle mal Fehler.“

„Ja, aber deinetwegen wären wir beinahe aufgeflogen!“

„Quatsch!“, gab Ramona zurück.

„O doch!“

Minnie **funkelte** Ramona an.

Ramona **funkelte** Minnie an.

Dann seufzte Minnie.

Sie durften jetzt nur nicht die **Nerven** verlieren. Sonst könnten sie gleich einpacken. Es war sicher nur die Nervosität.

Vermutlich war Ramona einfach nur aufgeregt. Verständlich. „Schon gut“, sagte Minnie. „Wir müssen gehen.“

„Richtig“, flötete Daisy.

Minnie verharrte kurz. „Gehen wir noch einmal alles durch.“ Direktorin Veldmaus hatte einen Plan geschmiedet. Minnie und Ramona sollten sich als Künstlerinnen ausgeben, die sich mit dem Direktor der Galerie treffen wollten.

Sobald sie mit ihm in seinem Büro waren, sollten sie ihn unschädlich machen.

Dann würde sich Minnie in Lana Lump verwandeln und die Galerie samt der Liga infiltrieren.

„Okay? Packen wir's!", sagte Minnie und die beiden standen wenige Augenblicke später vor der Galerietür.

Minnie atmete tief durch.

„Mir ist speiübel." Sie kicherte überdreht und ihre Hände zitterten. Daisy meldete sich wieder:

„Leute, wenn ihr nicht bald da reingeht, schlagt ihr noch Wurzeln!"

Ramona zog Minnie am Arm.

„Komm schon!“

Ein Grinsen huschte über Minnies Mundwinkel.

„Das wird lustig!“

„Klar“, meinte ihre beste Freundin.

„Worauf wartet ihr? Seid ihr bereit?”

„Bereit!“, tönte Ramona.

Minnie dachte an die Tage zurück, bevor sie zur Uni aufbrach. Ihre Vorstellung von dem neuen Leben hatte so gar nichts mit der geheimen Mission zu tun, in die sie jetzt verwickelt war.

Und es wäre furchtbar öde gewesen.

SPY POWER hatte sie verändert! Und nun würde sie in die Haut einer anderen Person schlüpfen.

Kapitel 12

„He! Wer seid ihr beide?“

Eine blonde Frau mit eisblauen Augen tippte ungeduldig auf den Rezeptionstisch, als Minnie in die Eingangshalle der Galerie tänzelte.

„Mayra Mays.“ Minnie tat ihr Bestes, um bedeutend und originell zu wirken.

„Sie haben sicher von meiner Ausstellung letzten Monat in Paris gehört, oder von der in Berlin“, sagte sie.

„Mein Name spricht also für sich und wir wollen den **Direktor dieser Galerie** sprechen.“

Die Rezeptionistin schob ihre Mappe zur Seite.

Sie gähnte gelangweilt.

Glaubte sie die Geschichte? Oder wurden sie gleich hinausgeworfen? Was, wenn Lana Lump plötzlich hereinkam?

„Fein“, sagte die Rezeptionistin und wählte eine Nummer.

Minnie entspannte sich etwas. „Wir sind gut“, flüsterte sie Ramona zu und reckte den Daumen hoch.

„Gehen Sie hinauf."
Die Rezeptionistin wies auf eine vergoldete Wendeltreppe. „Das Büro ist die erste Tür links."

„Hast du das Spray?", fragte Minnie, als sie die Treppe hinaufstiegen.

„Hier drin", antwortete Ramona und wies mit der Hand auf ihre Hosentasche.

Minnie nickte und klopfte an die Tür.

„Herein", meldete sich eine Stimme.

Eine teuer gekleidete Dame saß auf einem weißen Sofa. Die Beine übereinandergeschlagen, wippte sie mit dem linken Fuß.

War sie die Leiterin der Galerie?

Minnie hatte diese Frau in Direktorin Veldmaus' Akten gesehen.

Sie gehörte zur Lumpen-Liga! Die Unterlagen, die Minnie im Büro erblickte, sahen wie Karten aus. Museumskarten oder Schatzkarten?

„Sie sind also die Künstlerin? Wie kann ich Ihnen helfen?"

„Bevor wir darüber reden", Minnie und Ramona schritten rasch auf sie zu, „halten Sie besser ein Schläfchen."

Die Augen der Galeristin weiteten sich vor Schreck, als Ramona, die zum Schutz eine Maske aufgesetzt hatte, eine Spraydose aus der Tasche zog.

Als Minnie das rosa Spray sah, holte auch sie ihre Maske heraus und setzte sie auf.

Nachdem die Galeristin weggenickt war, zogen sie die Masken wieder ab.

„Los!“, sagte Minnie eifrig und half Ramona dabei, die Frau unter dem Tisch zu verstecken. Sie drückte auf den Kommunikator.

„Daisy, Objekt ausgeschaltet!“

Daisy jubelte: „Gute Arbeit!

Verwandle dich jetzt in Lana Lump!“

Minnie packte in Windeseile ihre Verkleidung aus. Sie zwang sich stillzuhalten, als Ramona sie schminkte. Dann betrachtete sie sich im Spiegel und stolzierte durch das Büro.

Sie war Lana Lump.

„He, Minnie!", rief Ramona.

„In diesem Schrank ist eine Geheimtür!"

„Wow! Das ging aber schnell“, lobte Daisy.

Minnie eilte zu der Tür. „Da ist eine Taste.“ Als sie darauf drückte, öffnete sich die Tür und gab den Blick auf eine steile Treppe frei, die in die Dunkelheit hinabführte.

„Sieht aus, als wäre das die Geheimbasis der Lumpen-Liga“, vermutet Ramona.

„Jetzt gibt es kein Zurück mehr.“ Nach einem kurzen Blick über die Schulter stieg Minnie die Treppe hinunter.

„Holen wir uns ein paar böse Jungs!“

Kapitel 13

„Fast geschafft …“, murmelte Ramona, als sie mit ihrem Spezial-Werkzeug an der Tür hantierte.

„Ich hab's!" Sie richtete sich zufrieden auf. „Das war gar nicht so leicht".

„Ich wette, es wird noch schwieriger!"

Zur Sicherheit lauschte Minnie erst mal an der Stahltür.

„Nichts zu hören. Ist das gut oder schlecht?"

„Nun, offenbar ist das eine schalldichte Tür", meinte Ramona.

Minnie errötete.

„Klar ... dann ... gehen wir hinein!"

„Das würde ich auch sagen", kam von Daisy aufmunternd.

Durch den Kommunikator konnte Minnie hören, wie Daisy auf der Tastatur klimperte. „Ich habe einen Plan von der Basis erstellen können!"

„Ich werde euch hindurchführen. Trennt euch. Das ist effektiver.“

„Klingt gut!“

Minnie nickte, dann drückte sie langsam die Tür auf. Sie schob vorsichtig den Kopf in den Raum und sah sich um. Der Raum teilte sich in zwei Gänge. An der Wand vor ihr hingen Kleidungsstücke an Garderobenhaken. So weit, so gut.

Minnie ging darauf zu. Das waren Verkleidungen!

Minnie staunte nicht schlecht und raunte Ramona zu: „Komm weiter."

„Agentin Minnie, du nimmst den linken Gang", lautete Daisys Anweisung. „Dann suchst du einen Computer, über den ich mich von meinem Rechner aus ins

System

hacken und alle wichtigen Dokumente herunterladen kann. Als Nächstes suchst du den Superdrucker.

Agentin Ramona, du gehst den rechten Gang hinunter. Du musst nach allem suchen, was nach Überfallplanung aussieht ... Bilder, Karten und so."

„Wird gemacht."

Ramona rannte los.

„Okay!" Minnie schlug das Herz bis zum Hals. Aber sie beherrschte sich und wiederholte mit einer tieferen Stimme: „Okay!" Direktorin Veldmaus hatte ihr gesagt, dass Lanas Stimme dunkler war. Dann lief sie los.

„Computer, Computer, Computer", murmelte sie.

„Wo seid ihr, Computer?"

Der erste Raum, den Minnie betrat, war bis auf ein paar Trainingsmatten und Seile leer.

Der zweite Raum sah aus wie ein Klassenzimmer für

Superschurken!

Ein wenig erinnerte es sie schon an die POWER-Zentrale.

Aber hier wurde vermutlich die nächste Agentengeneration der Lumpen-Liga ausgebildet.

„Bald nicht mehr“,

flüsterte Minnie und ging vorsichtig weiter.

„Da kommt Jemand! Rechts müsste eine Tür sein!“

Minnie zuckte zusammen, gehorchte aber sofort Daisys Anweisung.

Eine Sekunde später kamen zwei Liga-Agenten den Gang hinunter. Minnie wischte sich den Schweiß von der Stirn. Fast wäre sie aufgeflogen.

„Danke!“, flüsterte sie.

„Ist nur mein Job. Da kommen noch drei Agenten. Wenn die vorbei sind, geh in den nächsten Raum.“

„Woher weißt du, was hier drinnen los ist?“, wunderte sich Minnie. Wo waren die Kameras?

„Kurz, bevor ihr hineingegangen seid, haben wir eine Verbindung zu einem Satelliten hergestellt, mit dessen Software wir Körperwärme durch Mauern erfassen können. Auf meinem Bildschirm sehe ich dann, wer sich wohin bewegt."

„Cool!",

dachte Minnie.

Als die drei Agenten vorbeigegangen waren, huschte sie durch die nächste Tür. Sie stand in einem Computerraum und wunderte sich, wieso die Tür nicht abgeschlossen war.

Eine Schurkenliga

sollte doch mehr auf Sicherheit aus sein.

„Agentin Daisy, ich bin drin. Du kannst jetzt loslegen."

Minnie hörte durch den Ohrstöpsel ein hektisches Tippen.

„Die haben tausend Firewalls. Da wird es länger dauernd, bis ich irgendetwas herunterladen kann."

„Dann suche ich schon mal den Superdrucker."

„Perfekt!", Daisy räusperte sich. „Ramona, wie steht's bei dir?" Stille. „Agentin Ramona ... ihr Gerät ist abgeschaltet. Wieso antwortet sie nicht?"

„Hoffentlich wurde sie nicht geschnappt!"

Minnie hatte ein mulmiges Gefühl. „Ich sehe nach ihr."

„Ja, tu das."

„Frau Lump!" Eine reichlich verwundert aussehende Frau stand in der Tür. „Ich wusste nicht, dass Sie heute hier sein würden." Ihr Gesicht war wie eine Maske aus Angst und Schüchternheit.

Minnies Herz raste. Das war der Test ihrer Verkleidungskunst.

„Ich habe mich entschlossen, heute herzukommen, um sicherzugehen, dass alles läuft." Sie sah die Frau streng an.

„Abgesehen davon ...

„... ich glaube ich nicht, dass ich mich vor Ihnen **rechtfertigen** muss."

„Oh, natürlich nicht, Frau Lump."

Die Frau ließ vor Entsetzen den Schlüssel fallen, den sie in der Hand hielt.

Minnie bückte sich, um ihn aufzuheben.

„Den nehme ich."

Die Frau traute sich nicht, zu protestieren.

Sag etwas, flehte Minnie insgeheim.

Sag mir, wohin ich gehen soll.

„Ich werde dann rasch zum Superdrucker gehen“, sagte Minnie etwas schleppend

„Ich muss in die andere Richtung“, beeilte sich die Frau zu sagen und flüchtete geradezu.

„Gut gemacht, Agentin Minnie! Jetzt weißt du, wo es langgeht“, kommentiere Daisy.

Ein warmes Gefühl erfüllte Minnies Brust.

Kapitel 14

Minnie blickte in den Seitengang, dann schlich sie weiter. Sie wollte keine unnötige Aufmerksamkeit erregen.

Bloß leise sein.

Langsam, ruhig und mit Bedacht.

Sie musste den Drucker finden.

„Sieh im nächsten Raum nach." Daisys Stimme klang so fern.

„Hier ist nur Putzzeug. Das erinnert mich … du bist dran mit …

He, ist alles in Ordnung?"

„Nein! Jedes Mal, wenn ich durch eine Firewall des Systems bin, taucht eine neue auf. Jemand scheint mich zu beobachten und setzt die Firewalls, um mich zu

blockieren!

Ich habe ein paar Daten heruntergeladen, aber das war's. Und ich kann Ramona nicht orten."

Kalte Angst kroch in Minnie hoch.

„Glaubst du, wir sind aufgeflogen? Soll ich hier abhauen?"

„Verstanden!“

Der nächste Raum war durch einen Fingerabdruckscanner über dem Türknauf gesichert. Minnies Mut sank. Sie stellte sich auf die Zehenspitzen, um in den Raum zu sehen – der Superdrucker! Und dann war da die perfekte Kopie des geraubten Diadems!

Minnie kam eine Idee.

„Daisy, kannst du dich in den Fingerabdruckscanner hacken und ihn deaktivieren?“

Nervös wartete sie auf die Antwort.

„Darauf kannst du wetten. Mach ihn auf und sag mir, was du siehst." Minnie grinste. Das hatte sie hören wollen. Sie holte ihr Werkzeug aus ihrer Tasche und öffnete die Klappe. In dem Kasten waren

Drähte und blinkende Lichter zu sehen.

Minnie beschrieb ihrer Freundin, was sie sah.

„Okay. Ich versuche hineinzukommen. Aber irgendetwas

blockiert mich!"

Daisy schien langsam wütend zu werden.

„Wenn ich doch nur ..."

Das Licht über dem Scanner **blinkte rot.**

KEIN ZUTRITT!

Und dann lief eine Mitteilung über den Bildschirm:

ALARM AUSGELÖST!

Um Minnie herum schrillte plötzlich aus allen Richtungen der Alarm los.

„Nein!“

Ihre Augen waren vor Schreck geweitet!

„Was jetzt, Daisy?“

„Ich versuche, in das System zu kommen und den Alarm abzuschalten. Versteck dich!“

Minnie sah sich panisch um, dann rannte sie den Gang hinunter.

Alle Türen waren verschlossen. Nein, eine war offen! Sie **huschte** hindurch, als sie auch schon Schritte auf dem Gang hörte.

In dem Raum gab es kein richtiges **Versteck**.

Nur einen Tisch mit einem Computer und Akten.

Schnell überprüfte Minnie die Unterlagen und **fotografierte** alles, was auf dem Schreibtisch lag.

Dann nahm sie sich den Computer vor. Er war passwortgeschützt, aber sie entdeckte einen USB-Stick und steckte ihn ein.

Vielleicht konnte Daisy etwas damit anfangen.

Kurz darauf ging die Tür auf.

Minnie versteckte sich schnell und hielt den **Atem** an.

„Hallo?", fragte eine Stimme.

Minnie wagte nicht einmal zu blinzeln.

Die Tür schloss sich und Minnie stieß mit dem Kopf gegen die Tischplatte.

Dann kroch sie unter dem Tisch hervor, um sich nach einem besseren Versteck umzuschauen.

„Ha! Ich wusste, Sie würden hier sein."

Minnie schrie vor Schreck auf. Die Galeristin stand vor ihr. Sie war wütend und packte Minnie fest am Arm.

„Sie sind ein unerwünschter Eindringling, junge Dame", zischte sie. „Und Eindringlinge erhalten eine Lektion!"

„Minnie, bist du okay?“,

rief Daisy. „Antworte!“

„Sie ... ist wach“, stotterte Minnie. „Die Galeristin ... hat mich.“

Die Frau nahm Minnie den Kommunikator-Ohrstöpsel weg, warf ihn auf den Boden und zertrat ihn. Dann zog sie Ramona ins Zimmer.

„Ramona! Bist du in Ordnung?“

Die Galeristin hielt Ramona fest am Arm.

„Damit kommen Sie niemals durch“,

schrie Minnie und schien wie gelähmt.

„Wir wissen, was Sie vorhaben. Jede Minute wird ein Rettungstrupp eintreffen."

Das hoffe ich jedenfalls.

„Dann werden wir den auch stoppen", höhnte die Frau.

Minnie versuchte, sich loszureißen. „Wieso ist die schon wieder wach?", fragte sie Ramona. „Frau Veldmaus hat doch gesagt, das Spray wirke 24 Stunden."

„Hat es aber nicht", jammerte Ramona.

„Wie auch immer, wir müssen hier weg."

Minnie trat der Galeristin kräftig auf den Fuß und befreite sich aus ihrem Griff.

„Was ist mit dem Superdrucker?“, fragte Minnie. Sie wollte nicht gehen, ohne ihre Aufgabe erfüllt zu haben.

„Keine Zeit“, rief Ramona. „Wir müssen weg!“

Minnie rannte los – doch zu spät! Sie hörten die lauter werdenden Schritte vieler Leute auf dem Gang.

„Wir sollten aufgeben“, meinte Ramona kleinlaut.

„Nein! Bist du verrückt?“

Der Lärm war jetzt direkt vor der Tür, die plötzlich **aufsprang.**

„Rolle!“, rief Minnie und rollte zwischen den Beinen einer Wache hindurch.

Der Mann fuhr herum, aber Minnie war schon am anderen Ende des Raums. Sie streckte blitzschnell ein Bein aus und brachte so eine weitere Wache zu Fall.

„Der war gut“, rief Ramona ihr zu, während sie selbst einen Angreifer mit dem Ellbogen auf Abstand hielt.

Zwei weitere feindliche Agenten rannten auf sie zu, doch Ramona wirbelte um den Tisch herum, Minnie sprang über einen Stuhl und die beiden prallten gegeneinander.

RUMS!

PADAUTZ!

„Hehehe! Ihr kriegt uns nicht“, sagte Minnie und wich einer Wache aus.

„Spring!“, rief sie Ramona zu, die gerade einen Überschlag hinlegte, gefolgt von mehreren Rädern. Die Wachen konnten ihr nur verblüfft zusehen.

Die beiden hatten es fast bis zum Ausgang geschafft, als die Galeristin Minnie am Fußgelenk packte.

„Hab ich dich! Jetzt kann Lana kommen! Sie wird sich schon um euch kümmern“, geiferte sie.

„Hilfe, Ramona!“

Mit aller Kraft schaffte es Minnie, sich aus dem Griff der Galeristin loszureißen und Ramona zu folgen.

Wie geölte Blitze schossen die beiden Agentinnen durch die Halle, durch die Galerie, hinein in Daisys Wagen.

Dann fuhren sie zum Quartier der SPY POWER.

Kapitel 15

„Ich verstehe das nicht“, meinte Daisy. Sie lehnte sich in ihr Kissen und starrte die Decke an. Minnie ließ sich in ihr Bett fallen. „Es waren einfach zu viele Firewalls.“

„Immer, wenn ich dachte, jetzt hab ich's, blockierte mich jemand.“

Ihre Augen waren gerötet und müde. „Die haben gewusst, dass wir in ihre Basis eindringen würden."

„Vermutlich."

Minnie unterdrückte ein Gähnen. Sie waren direkt zur Zentrale der SPY POWER gefahren, um die Fotos und die Daten abzugeben. Nun waren sie in ihrem Wohnheim, um sich etwas auszuruhen.

„Und wenn die uns verwanzt haben?“, fragte Minnie.

„Wir haben sie ja auch verwanzt.“

Daisy schüttelte den Kopf. „Nein. Wir haben euch gescannt. Schon vergessen? Aber jemand wusste genau, was wir vorhatten. Ganz sicher!. Ob es einen

Doppelagenten

gibt? Einen Verräter?“

„Glaubst du ...“, zögerte Minnie. „Nein. Das kann nicht sein.“ Sie hob die Jacke auf, die sie hatte fallen lassen und stutzte.

Da fiel es ihr ein!

„Der USB-Stick!“, rief sie.

„Welcher USB-Stick?“

„Ich hatte ihn in der Basis gefunden. Mir ist gerade eingefallen, dass ich ihn Direktorin Veldmaus geben wollte, aber er ist nicht mehr da.“

„Hast du ihn verloren?“

„Das glaube ich nicht.“ Minnie dachte nach. „Aber ich hatte Ramona gebeten, die Jacke zu halten.“

„Ramona …“, sagte Daisy gedankenverloren. „Könnte sie der Maulwurf sein? Es ist schon verdächtig, dass sie nicht erreichbar war.“

„Genau!“, meinte Minnie.
„Direktorin Veldmaus vertraut ihr. Aber wir

behalten sie

besser im Auge,

nur für alle Fälle.“

POCH POCH POCH

Daisy zuckte zusammen, als es an der Tür klopfte.

Klarabella schaute lächelnd herein. Minnie und Daisy hörten sofort auf zu reden.

„Hi!“ Minnie versuchte, ihre Stimme besonders fröhlich klingen zu lassen.

„Ich bin auch hier!“,

kündigte sich Micky an.

„Ich auch!“, flötete Donald.
„Wir wollten euch zu einem Kino-Abend einladen!“

Das war wirklich super! Einen Film anzusehen und mit Freunden abzuhängen, war genau das, was sie nach so einem Tag brauchten. Doch leider hatten sie morgen früh ihr nächstes Treffen bei der POWER!

Das Thema: die Auswertung der Daten.

„Super!“, freute sich Micky.

„Den Film gibt's oben in Zimmer 45. Wir machen

POPCORN,

und PIZZA

gibt es auch."

„Ich meinte, es wäre wunderbar, aber ich kann nicht", dämpfte Minnie die Begeisterung.

„Oh!", Micky ließ die Schultern hängen.

„Wir können echt nicht“, bestätigte Daisy. „Aber vielleicht ein anderes Mal.“

„Das hast du letztens auch gesagt“, seufzte Klarabella, drehte sich um und rauschte mit den Jungs davon. „Na, dann … man sieht sich.“

Minnie winkte ihnen nach.

„Tschö“,

flüsterte sie.

Kapitel 16

„Wir haben die Daten, die Daisy heruntergeladen hatte, DECODIERT“, sagte Direktorin Veldmaus und lehnte sich vor.

„Ja, und?“

Minnie hielt den Atem an.

„War etwas Hilfreiches dabei?“

Über das Gesicht der Direktorin huschte ein Lächeln. „Ja."

Daisy sprang begeistert von ihrem Sitz auf und johlte.

„Wir fanden heraus, wo der nächste Raub stattfinden soll. Aber wir konnten nicht

DECHIFFRIEREN,

was genau gestohlen werden soll."

Oje. Was, wenn der USB-Stick diese Informationen enthielt?

„Die Lumpen-Liga wird in das hiesige Kunst-Museum einbrechen." Direktorin Veldmaus öffnete einen Plan des

Museums auf dem Bildschirm hinter ihrem Schreibtisch.

„Die roten Punkte markieren die Standorte von möglichen

{ZIELOBJEKTEN.}

Wir nehmen an, dass das Objekt aus derselben Zeit wie das Diadem stammt. Diese vier Artefakte sind aus demselben Jahrhundert.“

Minnie nickte und prägte sich den Plan ein.

„Der Überfall wird heute Nacht stattfinden."
Die Direktorin sah auf ihre Uhr. „In etwa 16 Stunden von jetzt an. Das bedeutet, wir haben noch

VIEL ZU TUN.

Wir müssen uns vorbereiten, damit ihr richtig loslegen könnt." Die Augen der Direktorin funkelten.
„Es wird bestimmt ein Riesenspaß!"

* * *

„Eine Minute und 13 Sekunden." Der Trainer sah zufrieden von der Stoppuhr auf. „Ihr habt euch in Rekordzeit durch die

Simulation

bewegt. Gute Arbeit, Agentinnen!"

Nach Atem ringend blickte Minnie auf das

[virtuelle 3-D-Modell]

des Museums. Die Technikabteilung hatte es in einem Trainingsraum projiziert. In den vergangenen Stunden hatten fünf weitere Agentinnen in dem Raum geübt, wie man Sicherheitskameras ausschaltet und Agenten der Lumpen-Liga ausweicht.

„Ich schätze, wir sind fit für heute Abend", verkündete die Direktorin stolz. „Ramona und Minnie, ihr werdet dann später abgeholt. Agentin Daisy, du gehst zum Tech-Team. Ich werde heute Nacht mit im Überwachungsbus sitzen."

Minnie zögerte einen Moment. Ihr ging die Sache mit Ramona nicht aus dem Kopf. Der Direktorin hatte sie nichts von ihrem

VERDACHT

erzählt. Sie wollte erst zu 100 Prozent sicher sein, und außerdem hatte sich Ramona heute völlig unauffällig benommen.

Sie wusste nicht, was sie davon halten sollte. Sie würde Ramona im Auge behalten.

Kapitel 17

Eine der älteren Agentinnen, die mit ihnen trainiert hatte, trat auf sie zu.

„Wir sind **bereit**, Direktorin Veldmaus."

„Wir auch." Die Direktorin zeigte auf die Mädchen.

„Minnie, Daisy, Ramona, das ist übrigens Agentin Lissi. Sie ist schon seit drei Jahren bei uns und auf Elektronik **spezialisiert**. Sie und vier weitere Agentinnen werden den Einsatz begleiten."

„Cool", sagte Minnie und schüttelte Lissis Hand. Sie war so aufgeregt, ihr Magen fühlte sich an, als würde er Saltos machen.

„Agentinnen! Es geht los!"

„Uiuiui, es geht los", echote Minnie.

* * *

„Da!" Die Direktorin zeigte über den weiten Vorplatz zum Hintereingang des Museums, wo eine Wache stand. „Und dort." Sie deutet auf den Haupteingang. „Zwei Wachen draußen. Eine vor jeder Tür. Drinnen sind es sechs, zwei auf jeder Etage."

„Und zur vollen Stunde ist Schichtwechsel?“, frage Minnie.

„Jepp.“ Daisy tippte auf ihre Uhr, um die Beleuchtung des Displays zu aktivieren. „Zu Beginn jeder Stunde. Es sind noch fünf Minuten, bis sie abziehen. Aber Lana Lump kann jederzeit erscheinen.“

„Wenn wir die vier möglichen Objekte sichern und die Schurken schnappen wollen, dann jetzt!“ Die Direktorin zeigte auf den schwarzen Van, der hinter den Bäumen stand. „Agentin Daisy und ich werden immer Kontakt zu euch halten.“

Minnie fixierte immer noch die Wachen.

„Jede Agentin hat ein Objekt zu bewachen. Also müsst ihr euch aufteilen“, erinnerte Frau Veldmaus sie an den Plan.

„Ramona sichert das Ziel auf Etage 1, Minnie das auf Etage 3.“

Minnie und Ramona nickten.

„Ein paar unserer Agentinnen waren heute Abend schon im Museum und haben FALLEN ausgelegt." Daisy schaute auf ihren Bildschirm. „Auf jeder Etage sind Kameras angebracht. Zudem Fallnetze an den Decken sowie Farb- und Nebelbomben, die durch Stolperdrähte ausgelöst werden."

„Wir wissen nicht genau, worauf sie es abgesehen haben, aber wir müssen sie aufhalten!"

Die Direktorin klatschte in die Hände und fragte: „Fertig?"

„Fertig."

„Wachwechsel in fünf Sekunden." Daisy setzte den Kommunikator ein. „Vier, drei, zwei, eins ... los!"

Die Wachen bewegten sich wie im Gleichklang. Sie erinnerten Minnie an Roboter, die sich auf Kopfdruck in Bewegung setzten. Geduckt lief sie über den Rasen zum Vordereingang, wobei sie Schatten und Büsche als Deckung vor den Suchstrahlern nutzte.

Die Wachen erreichten die Tür, scannten ihre Plakette und betraten das Museum. Die POWER-Agentinnen folgten ihnen.

„Agenteninnen, teilt euch jetzt auf",

klang Direktorin Veldmaus' Stimme in Minnies Ohr.

Minnie sah, wie Ramona rasch davonlief. Sie fühlte ein Zwicken in der Magengegend. Sie schüttelte es ab und schlich durch den rechten Flügel des Museums.

„Vorsichtig, Agentin Minnie", warnte Daisy.

„Im nächsten Raum sind zwei Überwachungskameras vom Museum." Minnie duckte sich und huschte in eine Ecke, als die Kamera durch den Raum schwenkte.

„Noch fünf Sekunden", flüsterte Daisy. Die Kamera drehte ab und Minnie schlich weiter. „Geh zu deinem Ziel im 3. Stock."

„Okay!“

Minnie hielt an. Sie hatte etwas gehört. Fußtritte hallten durch den Gang. Sie drückte sich an die Wand.

„Daisy?“, flüsterte sie.

(((Stille.)))

Minnie schlich zögerlich weiter, die Treppe hoch zu ihrem Ziel. Es war ruhig, keine Diebe in Sicht.

Sie kontrollierte ihr Mikro und versuchte es erneut:

„Hier Agentin Minnie. Bitte melden für weitere Instruktionen!”

Eine Sekunde darauf war Daisys Stimme wieder da.

„Es gibt ein Problem. Ramona hat sich nicht gemeldet und sie antwortet auch nicht. Da läuft etwas schief!"

Minnies Herz HÄMMERTE in der Brust.

„Du könntest recht haben. Ich habe vorhin verdächtige Schritte gehört. Vielleicht wurde sie erwischt."

„Sieh nach. Ich schicke eine andere Agentin zur Sicherung des Ziels in Etage 3. Und, Minnie ..."

„Ja?“

„Sei vorsichtig.“

Minnie rannte die Treppe hinunter und war bald an der Stelle, wo Ramona hätte sein müssen. Vor ihr hing ein goldener Bilderrahmen – ein leerer Bilderrahmen. Von Ramona keine Spur.

„Das Bild ist fort!“, rief Minnie in den Kommunikator. „Und Ramona auch. Aber warte …“

Sie hatte etwas gesehen. Vor ihr, in der Dunkelheit kaum zu erkennen, hatte sie zwei Gestalten ausmachen können. Sie standen nahe am Treppenhaus und waren beide schwarz gekleidet. Eine

sprühte

der anderen etwas ins Gesicht. Die zweite Gestalt

brach zusammen,

und die erste

verschwand

durch die Tür. Sie trug eine Rolle in der Hand. Sekunden später hörte Minnie Schritte auf der Treppe.

„Agentin ausgefallen!"

Minnie rief in ihren Kommunikator:

„Ein Agent von der Lumpen-Liga hat das Bild! Ich nehme die Verfolgung auf!"

Kapitel 18

„Schnapp ihn dir, Agentin Minnie!“, rief Direktorin Veldmaus.

Minnie rannte durch den nächsten Raum und wich einer Topfpflanze aus, die der Dieb ihr in den Weg geworfen hatte.

Sie wusste, dass sich ihr Training jetzt auszahlen würde.

Die Gestalt rannte weiter. Dann flog ein Kanister über ihre Schulter und explodierte in

lilafarbenem Nebel.

Minnie musste husten, sie bedeckte ihren Mund und wich der Wolke aus.

Die Gestalt drehte sich um, aber sie trug eine Maske. Doch Ihre Augen kamen Minnie bekannt vor …

„Vorsicht!“, brüllte Daisy in Minnies Ohr.

Minnie sah hoch und konnte gerade noch einem Netz ausweichen, das von der Decke fiel. Sie wäre fast in die eigene Falle getappt.

Die Jagd ging kreuz und quer, selbst durch Gänge, die nicht im Plan verzeichnet waren. Minnie sah POWER-Agentinnen am Boden liegen. Wo war Ramona?

„Hast du was von Ramona gehört?", fragte sie Daisy.

„Nein, noch nicht!"

Minnie japste schon nach Luft. Doch jetzt hatte sie den Dieb eingeholt. Der versuchte, sie abzuschütteln, aber Minnie zwang ihn zu Boden.

Als beide stürzten, fiel die Maske.

„Du!", rief Minnie.

Ramona grinste. „Ich!“

Fragen schwirrten durch Minnies Kopf. Dann sprach sie aus, was sie schon seit Längerem vermutet hatte:

„Du bist der Maulwurf.“

Ramona verbeugte sich.

„Schuldig.“

„Die ganze Zeit?“, fragte Minnie.

„Von Anfang an. Ich gehöre seit zwei Jahren zu der Lumpen-Liga.“

„Aha! Und das Spray hätte sicher gewirkt, wenn du es der Galeristin richtig verabreicht hättest“, bemerkte Minnie.

„Wieder schuldig“, schnaubte Ramona.

„Deshalb warst du immer fort. Du hast uns die ganze Zeit sabotiert!“, stellte Minnie fest.

„Klar.“ Ramona ging rückwärts und schielte über die Schulter zur Tür. „Das war ja auch mein Job. Und ihr hattet alle keine Ahnung, hehe!“

Minnie bleckte die Zähne und hielt die Hand auf.

„Gib mir das Bild.“

Ramona lachte.

„Wieso sollte ich?“

„Weil es das Richtige ist.“

Ramonas Augen funkelten belustigt.

„Ist mir doch egal, was du für richtig hältst. Ich will wissen, was an der Legende dran ist, den Schatz finden und meinen Anteil kassieren."

„Wir haben alles mit angehört. Lass sie laufen, aber bleib dran", befahl die Direktorin. „Wir haben Verstärkung geschickt."

Minnie wandte sich wieder Ramona zu und schrie vor Schreck auf, als die sie abrupt **fortstieß**, zur Tür lief und die Treppe hinaufeilte.

„Sei vorsichtig da oben", warnte sie Frau Veldmaus. „Wir haben auch auf dem Dach Fallen installiert."

„Nichts kann mich aufhalten", murmelte Minnie siegessicher.

Sie rannte in Windeseile die Treppe hinauf.

„Diese Lumpen krieg ich schon!“

* * *

Als Minnie auf dem Dach stand, fuhr ihr ein kalter Wind durch das Haar.

Ramona stand vor ihr.

„Gib auf, Ramona!“

(((„Niemals!“)))

Plötzlich tauchte ein Hubschrauber aus dem Dunkel auf und flog auf Ramona zu. Die Rotoren machten mächtig Wirbel, aber Minnie zwang sich, vorwärts zu gehen. Sie wollte das Bild haben!

Minnie wusste nicht, wo die Fallen waren, aber Ramona auch nicht.
Sie musste einfach auf ihr Glück vertrauen.

Da explodierte auch schon etwas und eine große Rauchwolke hinderte Ramona am Weitergehen.

Sie drehte sich herum und hob ihre Hände zur Verteidigung.

„Du wirst mich nicht aufhalten!"

„O doch!" Als Ramona nach ihr trat, war Minnie froh über die vielen Kampfsportstunden. Sie wich zur Seite, fand ihr Gleichgewicht wieder und brachte Ramona mit einem Haken aus der Balance.

„Autsch." Ramona taumelte rückwärts.

Minnie hob eine Augenbraue. „Ich nehme an, du hättest mehr trainieren sollen, statt mit den Lumpen herumzuhängen."

Ramona duckte sich und schlug einen Purzelbaum. Minnie griff nach dem Bild, aber das weiche Pergament rutschte ihr durch die Finger.

„Siehst du?" Ramona lächelte triumphierend.

{„Der Code gehört mir!"}

„Du meinst wohl, mir!", ertönte eine tiefe Stimme hinter ihnen. Minnie und Ramona fuhren herum.

Da stand die berühmte Lana Lump. Sie hatte sich aus dem Hubschrauber abgeseilt. Ihr Gesicht war wie aus Stein und ihr Mantel flatterte im Wind.

„Gib mir das Bild, Ramona!"

Ramona nickte ergeben, trat vor und gleich wieder zurück, als eine Metallstange vor ihr auftauchte – und noch eine und noch eine, bis sie wie in einem Käfig gefangen war.

Bevor die letzte Stange aus dem Boden schoss, war Minnie vorgeprescht und hatte nach dem Bild gegriffen. Sie hielt es fest, während Ramona an den Stangen rüttelte und schrie.

„Agentin Minnie, nehme ich an?" Lana Lump stand auf der anderen Seite des Käfigs. Minnie nickte.

„Nett, dich kennenzulernen!“

Lana Lump lächelte, aber ihre Augen blieben kalt.

„Ich hörte, du machst der Liga mächtig Ärger. Du brichst in unsere Büros ein, jagst meine Agenten … gibst vor, ich zu sein. Veronika hat gut daran getan, dich zu engagieren. Aber wir müssen dich jetzt mitnehmen.“

„Von wegen!“ Minnies Beine waren wie aus Pudding, aber sie tat entschlossen.

Ihre Augen suchten das Dach nach Fallen ab. Wo waren die Bomben? Sie musste Lana Lump stoppen. Aber sie konnte nichts sehen. Wo war die Verstärkung?

Alles hing von ihr ab.

Minnie trat vor ...

Da flog die Tür zum Dach auf. Rums! Direktorin Veldmaus, Daisy und die anderen Agentinnen stürmten zu ihr.

Die Rettung!

Minnie atmete auf. Jetzt würde alles gut werden!

„Ramona Rackler, du bist wegen Diebstahls und Verschwörung verhaftet“, rief Daisy. Frau Veldmaus betätigte eine Fernbedienung und die Stangen gaben Ramona frei.

Daisy legte Ramona Handschellen an.

Direktorin Veldmaus sah zu Lana Lump.

„Und Sie, Frau Lump, sind wegen allem

verhaftet.“

Sie signalisierte ihren Agentinnen, Lana Lump festzunehmen.
Doch die drehte sich um und rannte auf den Hubschrauber zu.

„Sie macht sich davon!“

Der nächste Moment erschien Minnie wie in Zeitlupe: Direktorin Veldmaus hechtete hinter Lana her, aber die war schneller und sprang in den startenden

HUBSCHRAUBER.

Es war zu spät.

„Nein!" Die Direktorin prallte zurück, als der Hubschrauber abhob.

Dann wurde er immer kleiner, bis er nur noch ein Fleck in der Ferne war. Und dann war da

NICHTS mehr.

„Sie kommt davon." Minnie brach zusammen.

„Wir haben sie nicht geschnappt."

„Ja, sie ist fort. Aber wir haben Ramona. Und du hast das Bild gerettet", munterte Frau Veldmaus sie auf.

Minnie erlaubte sich ein schwaches Lächeln und übergab das Bild.

„Das bedeutet, die Lumpen-Liga wird den Code nie vervollständigen können. Das Gemälde wird nun aufs Schwerste bewacht werden. Leider dürfte es aber auch für uns unmöglich sein, herauszufinden, was es mit dem Code auf sich hat."

Die Direktorin schaute noch einmal in den Himmel, wo der Hubschrauber verschwunden war. Doch dann atmete sie erleichtert auf und strahlte Minnie freundlich an.

„Dann war die Mission trotzdem ein Erfolg?“,
fragte Minnie.

„Absolut“, bejahte Direktorin Veldmaus.
„Irgendwann werden wir auch Lana Lump einfangen.“

„Und dann“, begann Daisy …

„Und dann werden wir sie besiegen!“,
vervollständigte Minnie den Satz.

Epilog

„Ich freue mich so, dass ihr mit uns ein Picknick macht“, sagte Klarabella und hüpfte die Stufen hinab. Auf der Wiese lagen viele junge Leute, die den sonnigen Tag genossen.

„Ich bin so froh, dass wir heute nicht so viele Seminare hatten. Bei dem schönen Wetter kann man sich ja kaum auf den Unikram konzentrieren!“, rief Minnie, während sie das Picknicktuch ausbreitete und einen von Klarabellas Körben nahm.

Dann packten sie die Leckereien aus.

„Mjam!“ Micky rückte näher an Minnie heran. „Die Kekse mag ich besonders.“

„Die sind von mir!“, kicherte Minnie und ihr Magen flatterte.

„Dann schmecken sie mir umso mehr“, schwärmte Micky. Krümel fielen aus seinem Mund.

„Hab ich vielleicht Hunger!“ Daisy biss in einen Apfel. „Ich hatte heute drei Seminare. Lernen macht echt Appetit.“

Minnie sah sie an und grinste.

Die Welt zu retten auch.

Vielleicht durften sie irgendwann ihren Freunden alles erzählen. Bis dahin konnten sie nur hoffen, dass den

anderen ihre flüchtigen

AUSREDEN

genügten.

Und sie wussten nicht, wann sie zur nächsten Mission antreten mussten. Es konnte jederzeit wieder losgehen.

Eine Sekunde später brummten Minnies und Daisys Handys. Minnie sah gespannt auf das Display. Es gab wieder einen POWER-Auftrag.

„Alles in Ordnung?", fragte Micky.

„Oh, klar. Alles bestens."

Sie strahlte ihn an.

Ja, es war auch alles bestens. Minnie war sich sicher, dass sie ihr Studentinnen- und POWER-Leben gut unter einen Hut bringen würde.

Und mit Micky in ihrer Nähe ...

Dann brummte ihr Handy wieder. Sie schaute auf das Display und traute ihren Augen kaum.

Da baute sich ein Bild von Micky auf.

Als Minnie aufsah und Daisys erschrockene Augen bemerkte, wusste sie, dass sie dasselbe dachte.

„Fein!", sagte Micky. „Dann lasst uns endlich essen. Wir müssen unsere Energietanks schließlich wieder auffüllen."

Klarabella und Donald lachten vergnügt.

Aber Mickys Lächeln sah plötzlich weniger freundlich aus … Die Uni und die POWER verschmolzen nun mehr miteinander, als es Minnie lieb war. Und sie wusste: Die nächste Mission hat begonnen …

Walt Disney Lustiges Taschenbuch LESESPASS

Impressum © Disney Enterprises, Inc. 2020,
Walt Disney Lustiges Taschenbuch Lesespaß erscheint bei Egmont Ehapa Media GmbH, Alte Jakobstraße 83, 10179 Berlin **I Geschäftsführer** Klaus Thyge Hoeg-Hagensen **I Global Creative Director** Peter Höpfner (v.i.S.d.P.) **I Marketing & Kooperationen** Jörg Risken (Publishing Director) j.risken@egmont.de, Christoph Bergholz (Senior Product Manager) c.bergholz@egmont.de **I Redaktion** Stephanie Bens, Stephanie Hölz (Assistenz) **I Druck** GGP Media GmbH, Karl-Marx-Straße 24, 07381 Pößneck **I Anzeigenverkauf** Klaus Thyge Hoeg-Hagensen (verantwortlich) **I Head of Media Sales** Dirk Eggert **I Freie Mitarbeiter dieser Ausgabe** Susanne Walter (Übersetzung), Kai Richter (Lektorat), Sigi Hepner (Grafik) **I Kontakt Walt Disney Publishing** Susanne Michels
Die Redaktion arbeitet auf Grundlage der neuen amtlichen Rechtschreibregeln und hält sich bei Auswahlfällen an die vom Duden bevorzugte Schreibweise.
www.lustiges-taschenbuch.de
www.egmont-mediasolutions.de
www.egmont.de

EGMONT
Ehapa Media